류에
눈앞에 펼쳐진 것은
무릎 아래로 어마어마한
나뒹구는 병사들로,
자세히 보니 그뿐만 아니
모두 목을 부여잡은 채 필
발버둥치고 있었다.
마왕의 모

"내 이름은 류에 세미엘이야."
니까.
을 어떻게
느냐에 따라
이 바뀌지."

“이, 이건……
시합 시작과 동시에 강렬한 참격이……
모든 것을 쓸어 버렸습니다!
게다가 이 마술은 대체…….”
를 흘리며
사적으로 숨을 쉬고자
“계속 싸
습으로———— 일

계.
아갈 수는 없다.
여기서 살아가겠다.
“으응…… 뭐야, 카이 군.
깨워주지 그랬어.”
변
렇게 귀여운 친구 같기도, 딸 같기도,
선생님 같기도 한 사람이 곁에 있으
“마르
다루
속성
“여전히 맛있는걸.
카이 군이 만든 희고 걸쭉한 이거.”

갑작스레 오게 된 낯선
아직 모든 것을 잊고
하지만 그래도, 나는
왜냐하
"나를…… 두고 가지 말아줘…….
가지 마……."

울 거냐?"
적필살!!
카이본

백수, 마왕의 모습으로 이세계에
Bored, Sacred and Now a Devil!
〈가끔은 치트인 유유자적 여행〉

니시다 요시키
이직 준비 중인 28세

MMORPG『그란디아 시드』
서비스 종료 전날─.
그란디아 시드
GRANDIA SEED

전송
Kaivon : 뭐야? 내일이면 끝난다고 운영진이 장난치나?
Oink : 뭔데, 뭔데? 무슨 일 있어? 본본.
Kaivon : 아까부터 어빌리티 흡수를 계속 성공하고 있어. 방금 솔로로『더스터 드래곤』레어종을 죽였더니 성공했어.
Oink : 진짜로?!
전송
Kaivon : 그럼 잠깐 신한테 도전하고 올게.

# 백수, 마왕의 모습으로 이세계에

Bored, Sacrod and Now a Davil!

〈 가끔은 치트인 유유자적 여행 〉

## Contents

아이아츠시 지음
카츠라이 요시아키 일러스트
김장준 옮김

# 서 장

직장이란 이름의 전쟁터에서 해방된 사람들이 모이는 술집. 나는 오랜만에 두 친구와 **현실**에서 얼굴을 마주하고 있다.

눈앞에 있는 것은 둘 다 남자.

오래된 친구지만 요즘은 서로 바빠서 얼굴 한 번 볼 시간도 내기 힘든 멤버들이다.

"내일이면 『그란디아 시드』도 끝나는구나."

나는 맥주잔에 남은 맥주를 비우며 신세 한탄처럼 말을 흘렸다.

그 말에 두 친구가 저마다 한마디씩 했다.

"솔직히 이번에도 서비스 종료라고 사기 치는 줄 알았는데."

이 목소리의 주인공은 사쿠라기 히사시. 내 20년 지기 친구다.

이 친구는 얼마 전까지만 해도 서브 컬처에 큰 관심을 보이지 않았으나, 그란디아 시드를 플레이하게 되면서부터 대인전(對人戰)에 재미를 붙이더니 오락실에서 격투 게임을 즐기게 되었다.

"사람은 빠져나갈 대로 빠져나간 데다 처음부터 망겜 취급이었으니까, 뭐."

히사시의 말에 조금 무기력하게 대답한 사람은 또 한 명의 친구, 스스키다 카즈키.

히사시와는 대조적으로 애니메이션, 만화, 게임 등 서브컬처에 빠져 사는 친구다.

나와 히사시는 초등학생 때부터 친구였지만, 카즈키와는 게임을 통해 알게 되었다.

우연히 같은 고향 출신임을 안 우리가 큰맘 먹고 한자리에 모인 것이 계기였다.

나를 포함한 우리 세 사람은 모두 그란디아 시드라는 온라인 게임의 플레이어다.

서로 떨어져 있어도 커뮤니케이션이 가능하고 함께 놀 수도 있는 이 게임을, 우리는 오랜 기간 플레이해 왔다.

하지만 애석하게도 이 게임은 세간에서 망겜이라고 불리는 신세다.

"전투만 따지면 난 아직도 최고봉이라고 생각한다."

그리고 나, 니시다 요시키는 자타가 공인하는 게임광이었지만, 그렇다고 실력이 썩 좋은 편은 아니었다. 그저 이 게임을 좋아할 뿐이지.

그래도 방대한 시간을 들인 덕에 게임 내에서 나는 제법 상위권에 속하지 않을까 생각한다.

사실 유저수가 바닥을 치는 지금에 와서는 내가 어느 정도의 실력인지 비교할 대상도 거의 남지 않았지만…….

"나나 히사시한테는 그냥 채팅 게임으로 변했지."

카즈키가 놀리는 투로 말하자 히사시도 따라서 한마디 거들었다.

"아직도 육성하는 사람은 요시키밖에 없을걸?"

"아니, 나는 그냥 전투가 재미있어서 하는 건데?"

오프라인 1인용 게임에도 밀리지 않는 액션감에 완전히 빠져 버린 나는, 남들이 즐겁게 채팅을 나누든 무슨 유저 이벤트가 열리든 상관 않고 오로지 전투 삼매경에 빠져 있었다.

그만큼 재미있었기 때문이었다. 하지만…….

"그것도 내일이면 끝이란 말이지……."

"어디로 옮길래? 히사시는 뭐 좋은 게임 몰라?"

"난 딱히 정보 같은 거 안 모으니까 몰라. 카즈키, 너는 모르냐?"

평소 서브 컬처를 알아보려고도 하지 않는 히사시가 카즈키에게 물었다.

참고로 굳이 따지자면 나는 히사시와 비슷해서 그란디아시드 외의 게임에는 그다지 빠지는 일이 없었다.

이유를 찾자면 내가 벌써 스물여덟, 내일모레면 30대에 돌입할 나이이기 때문일지도 모르겠다.

"나는 후반으로 가면 채팅족이 되어 버리니까, 솔직히 대화창만 보기 좋으면 뭐든 상관없어."

채팅족이란 쉽게 말해 게임을 느긋하게 즐기는 사람을 칭했다.

업데이트도 없이 전투 외에는 거의 즐길 거리가 없는 세계에서는 오락 대신 느긋하게 채팅을 즐기는 일이 일반적이었다.

나도 채팅은 좋아하지만, 그래도 전투가 더 재미있다 보니 비중은 작았다.

그 결과, 게임 내에서 나는 전투광이나 구도자(求道者)로 알려졌고, 그런 별종으로 모 거대 게시판[#1]에까지 이름이 오르내리게 되었다.

일부에서는 매크로 봇(업자가 만든 매크로 프로그램을 이용한 간이 AI 같은 캐릭터)이나 NPC라는 설까지 나돌고 있다나 뭐라나…….

"일단 오늘 점검이 끝나면 접속하자. 같은 팀 사람들이랑 상담하고 싶으니까."

"그래야지. 그럼 슬슬 마지막 주문 부탁할까?"

"요시키, 넌 또 마시냐……. 그럼 나도."

"히사시, 너까지……. 그럼 나는 깔루아 밀크."

""네가 여자냐?""

**#1 모 거대 게시판** 일본의 거대 커뮤니티 『2ch』. 온라인 게임 전반의 화제를 다루는 「온라인 게임 실황(ネトゲ実況)」 게시판이 존재한다.

§ § §

Kaivon : 하이하이.

귀가 후, 바로 로그인해서 인사부터 했다.

이 『Kaivon(카이본)』이라는 것이 내가 지금 쓰는 캐릭터 이름이었다.

이름의 유래는…… 캐릭터명 선점에 밀린 결과라고만 말해 두겠다.

오늘도 변함없이 한산한 이 세계, 그란디아 시드는 장르로 따지면 MMORPG로 분류된다.

MMO가 아니라 MO적 요소도 일부 포함되어 있지만, 액션 요소를 장점으로 내세우며 검과 마법, 활 등을 사용해서 적을 해치우는 정통파 액션 RPG다.

특이한 점을 들자면 직업이 다채로우며 그중 두 가지 직업을 자유롭게 조합해서 사용할 수 있다는 점일까?

또한 근래의 MMORPG답게 생산 관련 직업도 당연히 존재했지만, 솔직히 구색이나 맞출 요량으로 넣은 허접한 퀄리티였다.

망겜이 다 그렇지, 뭐.

설상가상으로 큰 줄기를 이루는 스토리나 세계관, 타이틀에도 나오는 그란디아 시드라 불릴 만한 것조차 존재하지 않았다.

언젠가 구현되겠거니 하고 기다린 결과가 이 꼴이었다.

Kaivon : 뭐야? Syun이랑 Daria는?

Oink : 두 명은 아직 안 왔어~.

Kaivon : 아, 어떡하지…… 혹시 호텔에서 무선 랜 못 쓰나?

Oink : 세 사람끼리 정모도 하고 부럽.

오늘도 게임 속 팀에는 우리 외에 한 명밖에 접속하지 않았다.

『Oink(오잉크)』라는 이름의 이 플레이어는 어떤 게시판에서 탄생한 캐릭터#2를 연기하는 콘셉트 플레이 탓에 어떤 인물인지 좀처럼 종잡을 수 없는 사람이었다.

그래도 우리와 같은 빈도로 접속하는 것을 보면 이 게임을 좋아하는 것이라고만 추측할 뿐, 내가 직접 만난 적이 있는 사람은 같은 고향 출신인 히사시와 카즈키 두 명뿐이다.

안타깝지만 다른 팀원과 현실 세계에서 만난 적은 아직 없었다.

그렇다고 내일 서비스가 종료되자마자 바로 연을 끊어 버리자니 그건 또 섭섭했다.

하다못해 연락처 정도는 교환하고 싶으니까 다른 멤버들

**#2 어떤 게시판에서 탄생한 캐릭터** 란돼지. 2ch 판타지 어스 제로 게시판에서 게임을 비난하기 위해 만들어진 콘셉트 캐릭터.

도 오늘은 접속해주면 좋으련만…….

방금 현실 세계에서 헤어진 두 사람은 아마 호텔에서 노트북으로 접속할 것이다. 모처럼 고향에 돌아왔는데 집에 가면 될 것을…….

어쨌거나 그들이 와주면 이 썰렁한 팀 채팅도 한결 나아지겠지.

Syun : ㅎㅇ.

Daria : 안녕 〉 모두.

Kaivon : 오, 오셨구만?

호랑이도 제 말 하면 온다더니, 마침 두 사람이 들어왔다.

『Daria(다리아)』가 조금 전까지 함께 술을 마시던 친구 중 한 명, 히사시다.

20년 넘게 알고 지냈지만, 게임에 로그인한 뒤 비로소 이 녀석의 숨겨진 성적 취향을 직시하게 되었다.

캐릭터의 외모는 전형적인 엘프 소녀.

심지어 로리였다. 금발 보브 커트의 엘프 여자아이였다.

캐릭터를 연기하거나 여자인 척 하지 않고 자신의 성격을 있는 그대로 드러내는 탓에 이질감이 어마어마했지만…….

그리고 『Syun(슌)』이 다른 한 친구, 카즈키다.

그는 현실 세계의 자신과 최대한 닮은 캐릭터를 만들었다.

휴먼 남성이며 키가 작아 얼핏 보면 소년으로도 보이는 캐릭터였다.

즉, 현실 세계의 그도 합법 쇼타라는 뜻이었다. 너 올해로 스물다섯이잖아, 그 젊음 나한테 좀 나눠주라.

그래도 캐릭터의 머리는 현실에서 잘 보지 못할 백발이었다.

이건 흰머리로 어린 티를 상쇄하려는 작전인가?

그 후 Oink를 포함한 우리 넷은 옮겨 갈 게임을 상담하거나 접속하지 않은 팀원에 관해 이야기하며 시간을 보냈다.

아마 내일…… 시간상으로는 이미 오늘이지만, 저녁 즈음부터 접속자 수가 늘어나리라.

그때까지 나는 무엇을 하느냐면—.

§ § §

모니터 속에서 내가 조작하는 검사가 하염없이 적을 베고 그 시체에서 무언가를 흡수했다.

나는 다른 이들에게 예능 무기라고 불리는 『탈검(奪劍)』을 오래도록, 정말로 오래도록 사용해 왔다.

공격력은 초기 장비인 롱소드가 15인데 비해 이 무기는 25밖에 되지 않는다.

튜토리얼 보수로 받을 법한 그런 위력— 하지만 이 검은 일단 이 게임에서 설정된 희귀도 15단계 중 정점인 15에 속해 있다.

그리고 내 직업은 이 무기를 입수해야 전직 가능한 『탈검사(奪劍士)』다.

그런 내가 지금까지 벌어진 상황에 놀라면서 키보드를 두드렸다.

Kaivon : 뭐야? 내일이면 끝난다고 운영진이 장난치나?
Oink : 뭔데, 뭔데? 무슨 일 있어? 본본.
Kaivon : 아까부터 어빌리티 흡수를 계속 성공하고 있어. 방금 솔로로 『더스터 드래곤』 레어종을 죽였더니 성공했어.
Oink : 레알?!
Kaivon : 말투—.
Oink : 따따따, 딱히 실수 안 했거든요?

이 검의 특징은 쓰러뜨린 적의 능력을 무작위로 하나 얻을 수 있다는 것.

몇 개까지 저장할 수 있는지는 확실하지 않지만, 지금까지 쓰러뜨린 보스급 몬스터 수는 1만에 가뿐히 다다를 지경까지 왔다.

그런데도 불구하고 지금까지 얻은 어빌리티는 165개. 그리고 지금 막 166개째 어빌리티를 손에 넣었다.

언뜻 보면 엄청난 무기처럼 생각될지 모르지만, 한 번에 효력을 발휘할 수 있는 것은 여덟 개까지였다.

낮은 기본 공격력을 보완하기 위해서 능력치나 대미지에 보너스를 주도록 구성하고 나면 자유롭게 사용할 수 있는 슬롯은 두 개 정도밖에 남지 않는다.

현재 구성은 대충 이렇다.

**【웨폰 어빌리티】**

[공격력 +15%]

[대미지 +10%]

[크리티컬 확률 +25%]

[연격의 추인(追刃)]

[마인(魔刃)]

[어빌리티 효과 2배]

[멸룡검(滅龍劍)]

[빙제(氷帝)의 가호]

[공격력 +15%]와 [대미지 +10%]는 대미지 계산법에 다소 차이는 있어도 공격의 위력을 올려주는 어빌리티.

[크리티컬 확률 +25%]는 대미지가 1.5배가 되는 크리티컬이 잘 발생하도록 하는 어빌리티.

[연격의 추인]은 연속 공격으로 대미지 보너스, [마인]은 추가 대미지, 쉽게 말해서 거의 대미지를 증가시키기 위해서만 사용하는 어빌리티다.

그리고 조금 자랑스러운 것이 바로 [어빌리티 효과 2배].

이것을 습득한 순간 나의 시대가 왔노라! 라며 흥분했었지.

그런데 이게 웬걸, 일반 무기에도 붙어 있는 어빌리티더란 말이죠…….

Q : 공격력이 980인 무기에 [대미지 +10%]와 [어빌리티 효과 2배]가 붙으면 어떻게 되는가?

A : 내 칼이 훌쩍 추월당해서 집니다.

이것은 극단적인 예시지만, 본래 어빌리티는 완전히 무작위로 부여되므로 그렇게 될 가능성이 크다…… 아니, 그런 신급 무기는 이미 경매에 나와 있었다.

그런 고로 내가 그런 어빌리티를 얻는다고 딱히 최강이 되는 일은 없었다.

뭐, 그래도 여덟 개 중 일곱 개의 어빌리티에 효과가 적용되는 점은 제법 크게 작용하지만 말이다.

문제는 이 효과가 두 배가 되는 것은 이름에 숫자가 설정된 어빌리티에 한정된다는 점이었다.

따라서 [멸룡검]과 [빙제의 가호]에는 적용되지 않았다.

참고로 이 두 가지는 드래곤용 어빌리티다. 역시 드래곤은 얼음에 약한 걸까? 하긴 파충류 같이 생기긴 했지.

이렇듯이 노력과 비교하면 수지가 맞지 않는 것이 이 탈검, 정식 명칭 『탈검 브란트』였다.

그래서 이번에 밑져야 본전이라는 마음으로 최상위 용족인 더스터 드래곤, 『네크로 더스터 드래곤』에게 도전했고, 그 결과 미습득 어빌리티를 손에 넣은 것이다.

이곳까지 오는 도중에 이미 습득한 어빌리티를 몇 번이나 재습득하였기에 혹시나 했는데, 설마 최상급 몬스터에게서 습득할 줄이야!

잔뜩 기대하면서 스테이터스 화면을 보자…….

**[찬탈자의 증거(용(龍))]**

칠성 중의 하나, 멸룡에게서 모든 것을 빼앗은 증거.

드래곤에게 입는 대미지 반감, 드래곤을 쓰러뜨렸을 시 습득 경험치 10배.

제법 막 나가는 성능이다.

공격 대미지는 늘어나지 않더라도 이 효과는 상당히 컸다.

내 장비는 외견을 중시해서 빈말로도 방어력이 높다고는 할 수 없기 때문이었다.

Kaivon : 이런 효과인데 어때?

Oink : 애매하지 않아? 본본, 이미 능력치 최고치로 찍었잖아?

Kaivon : 그게 문제란 말이지……. 그래도 이름으로 봐선 모든 대형 보스에게 이 계열 어빌리티가 있을 것 같은데…….

Oink : 그럴 수도 있겠네……. 좋았어, 그럼 꿀꿀이 먼저 가서 보스 지역 하나 확보해 둘까?

Kaivon : 오오! 그럼…… 『히히이로센키』의 성에 마커 찍어 둬!

Oink : 오케이~.

이거 마지막에 와서 재미있는 일이 일어날 것 같은데!

§ § §

**[찬탈자의 증거(용)]**

**[찬탈자의 증거(투(鬪))]**

**[찬탈자의 증거(요(妖))]**

**[찬탈자의 증거(천(天))]**

**[찬탈자의 증거(검(劍))]**

**[찬탈자의 증거(마(魔))]**

그로부터 열한 시간 후, 잠도 자지 않고 계속해서 대형 보스에 도전한 결과가 이것이었다.

응? 일은 안 하냐고? 현재 재취업 준비 중이다. 자세히 알려고 하지 마라.

보스로 분류된 적은 많이 존재하지만, 『칠성』이라는 단어에 적합한 강적으로 압축한 결과가 이거였다. 이제 남은 건 하나.

그 후, 팀원이 접속했기에 나는 상황을 설명하고 각처의 보스 지역을 확보하도록 부탁해 도전에 도전을 거듭했다.

그 덕분에 확신이 생겼다. 서비스 마지막 날이라고 운영진이 장난기가 발동했나 보다. 뭘 쓰러뜨리든 어빌리티가 들어오는 것을 보면 말이다.

그로 말미암아 내가 소지한 어빌리티가 166개에서 299개까지 늘어나 버렸다.

어떤 조합이 가능할지, 또 어떤 일이 가능할지 생각만 해도 가슴이 벅찼지만, 이미 그것을 시도해 볼 시간은 거의 남지 않았다.

Kaivon : 다들 고마웠어. 슬슬 센트럴 타운에서 카운트다운 이벤트 시작할 시간이지?

Oink : 꿀꿀. 먼저 갈 건데, 본본은 안 와?

Syun : 벌써 제법 모였어. 이렇게 많이 모인 건 5년 만이지 않나?

Daria : 타운에 사람이 많아서 진입 불가라니, 게임 시작한 이후 처음 아니냐?

아무래도 이미 유저들이 모이기 시작했나 보다.

망겜이니 뭐니 해도 다들 이 게임을 좋아했다는 사실을 다시금 확인하자 기뻤다.

그도 그럴 것이 전투만 따지면 아직 이 게임의 자유도를 능가하는 작품이 없다고 할 정도였다.

물론 그 외의 요소가 조잡해서 다들 떠나 버렸지만.

물가 상승률부터 시작해서 엉성한 밸런스 조정, 그리고 성의 없는 배경 및 도시. 눈에 보이는 장소인데도 들어갈 수 없는『보이지 않는 벽』같은 현상은 일상다반사였다.

그래서 모두 빠져나갔다.

전투는 재밌지만, 적의 행동이 단조로워서 플레이어의 행동에 적이 따라오지 못하는 일도 있었다.

하지만 그것을 차치해도 나는 재미있다고 생각했었다.

El : Kai 님은 변함없이 먼치킨 플레이에 여념이 없어서 웃겼어요.

Gu-Nya : 그리고 마침내 겉모습이 마왕님처럼 돼서 뿜었음ㅋㅋ 마음먹고 코디한 게 그거임?ㅋ

Kaivon : 아까도 인사했지만 오랜만. 중2병도 극에 달하면 예술이지? 누가 봐도 내가 끝판왕이다.

새로 접속한 두 플레이어.

생산직에 재미를 붙였지만, 만들 수 있는 종류나 조합이 적어서 일찌감치 게임에서 떨어져 나간 사람들이었다.

『Gu-Nya(구~냐)』는 갑옷이나 옷 만들기를 좋아하는 귀중한 생산직 플레이어이고, 다른 한 명 『El(엘)』은 현실 세계의 생산에 이 게임을 이용하는 플레이어로, 게임에서 촬영한 스크린샷을 바탕으로 일러스트를 그리며 즐기는 스타일이었다.

두 사람은 언제나 내 복장에 흥미를 갖고 걸고넘어졌다.

은색 장발에 길게 째진 날카로운 눈을 한 미남.

장신에 선이 가는 백인 모델 체형.

어딘가의 타락한 영웅처럼 복장은 검정 계통으로 통일.

이야~, 이런 현실과 동떨어진 캐릭터 좋지 않아?

실제로는 이 캐릭터 메이킹을 이용해서 로리 캐릭이나 섹시한 누님 캐릭을 만드는 사람밖에 없지만.

지금쯤 사람이 운집했을 타운의 남녀 비율은 참담하기 그지없겠지.

아마 남녀 비율이 2:8쯤 될 것이 뻔하다.

참고로 현실 세계의 성별로 고치면 숫자가 역전한다는 듯합니다.

Kaivon : 계기는 이 코트였죠.

Gu-Nya : 내가 만든 그거?ㅋ 그냥 웃자고 만들었는데 네가 덥석 물었잖아ㅋ

Kaivon : 검은 코트에 부분 갑옷 조합이라니, 취향 저격이었습니다.

Gu-Nya : 그게 어쩌다 마왕이 됐냐?

Kaivon : 이것저것 줍다 보니.

현재 내 등에는 박쥐 같기도 하고 악마 같기도 한, 두 쌍의 큰 날개가 돋아 있었다.

머리에는 황금 염소 뿔, 얼굴 오른쪽에는 눈과 볼을 가리듯이 흰색 바탕의 마스크를 썼는데, 눈 부분은 진홍색이다.

그야말로 악역, 그것도 제법 상위 포지션에 있을 것 같은 모습이었다.

게다가 눈동자는 홍채가 빨강, 흰자위가 칠흑이니 완전히 휴먼이라는 종족에서 일탈한 상태였다.

이 상태로 자나 깨나 몬스터를 사냥하고 있었으니 나를 NPC로 착각한 사람이 있었던 건지도 모르겠다.

그리고 바로 지금, 나는 정말로 마왕이 되려고 하고 있었다.

Kaivon : 어쨌든 난 마지막 어빌리티를 얻으러 신계 에어리어에 다녀올게.

Syun : 시간으로 봐서 어빌리티 습득하면 동시에 서비스 종료할 느낌인데?

Daria : 카운트다운 안 하냐? 운영자가 무슨 발표할지도 모르는데.

Oink : 꿀꿀. 캡처 소프트로 영상 찍어 놓을게~.

Kaivon : 땡큐, 그럼 잠깐 신한테 도전하고 올게.

자, 마왕님 VS 신의 결전이다.

Syun : 그나저나 이 캐릭과도 이제 헤어질 시간인가…….
피규어로 만들어주면 안 되나.

Daria : 스크린 샷 저장해서 자료 만들어 둬. 언젠가 3D 프린터로 만들 수 있을지 누가 아냐.

Oink : 개발사 쪽에서 안 해주려나?

Gu-Nya : 그렇게 센스 있는 곳이었으면 애초에 이 꼴이 되도록 놔뒀겠냐ㅋ

티 : 그래도 전 이 아이가 전자 데이터로 사라진다는 게 슬프네요.

Syun : 그러게~. 나 이게 메인 캐릭인데, 부캐들도 마지막 순간에 같이 있었으면 좋겠다.

티 : 맞아요! 이 아이만 마지막까지 함께하고 다른 아이들은

아무도 없는 곳에서 조용히 사라진다고 생각하니까 너무 불쌍한 거 있죠.

어빌리티 구성은 어떻게 할까?

마지막으로 도전할 적은 『창조신 아스트랄』이라는 인간형 적이었다.

이 녀석만은 종족 불명에 특화 어빌리티가 없으므로 장기전을 각오하고 구성할 수밖에 없었다.

오늘 얻은 『증거』 계열도 대부분 특화나 특정 종족에게만 효과가 있는 것들뿐이었다.

뭐, 개중에는 일반적으로 쓸 수 있는 어빌리티도 있었지만.

**『찬탈자의 증거(투)』**

전투 중 행동 속도와 MP 자연 회복 속도가 2.5배가 된다.

또한 공격이 연속으로 명중할 때마다 공격 속도가 3% 상승한다(최대 150%까지).

통상 공격 외에도 검술 등 카테고리별 기술을 발동하기 위해서는 MP를 소비하는데, 나는 자연 회복 속도가 제법 빨라서 쉽게 연발할 수 있었다.

그래도 MP가 바닥나서 행동이 멈추는 일은 피할 수 없었다. 하지만 이 어빌리티는 그 간격을 거의 없애준다.

기술을 조합한 일련의 콤보가 끝날 때까지 소비한 MP와 동등한 MP를 회복할 수 있기 때문이었다.

그렇다고 아무 생각 없이 기술을 연타하면 고갈될 수밖에 없겠지만.

그리고 또 하나가 바로 이것.

**[찬탈자의 증거(검)]**

**습득 어빌리티의 수×2만큼 무기 공격력이 가산된다.**

즉, 현재 총 어빌리티 개수×2에 무기 기본 공격력 25를 더하면 최종적인 무기 공격력이 된다.

식으로 표현하면 [299×2+25=623].

이 어빌리티가 초반에 나왔더라면 얼마나 좋았을까…….

그랬다면『노력과 함께 성장하는 검』처럼 됐을 텐데!

뭐, 이렇게까지 강화해도 같은 장검 계열 상위 무기 공격력에는 못 미치지만.

하지만 잊지 마시라, 이 무기는 어빌리티를 자유롭게 세팅할 수 있다는 사실을!

공교롭게도 증거 계열에는 [어빌리티 효과 2배]가 적용되지 않지만, 지금까지 대미지를 높이기 위해 사용하던 슬롯을 많이 절약할 수 있었다.

자, 그럼 신을 죽이기 위한 구성을 생각해 볼까?

**【웨폰 어빌리티】**

[흡생검(吸生劍)]

[크리티컬 확률 +35%]

[대미지 +30%]

[충파열풍인(衝波烈風刃)]

[피해 감소 -30%]

[어빌리티 효과 2배]

[찬탈자의 증거(투)]

[찬탈자의 증거(검)]

오케이, 완성.

[흡생검]은 크리티컬로 주는 대미지의 5퍼센트를 HP로 변환하는 어빌리티다.

그 특성상 지금까지 어빌리티 슬롯을 하나 할애하면서까지 사용할 가치가 거의 없었지만, [크리티컬 확률 +35%] 덕분에 별 뜰 날이 왔다.

[어빌리티 효과 2배]의 영향으로 70퍼센트의 확률로 크리티컬이 나오기 때문에 HP를 쭉쭉 회복해줬다.

[충파열풍인]은 지금까지 사용한 [마인]의 상위 버전 같은 어빌리티였다. 연속 대미지에 공격할 때마다 크리티컬 판정이 있으므로 [흡생검]의 효율이 더욱 상승했다.

그리고 이번에는 방어 계열 어빌리티 위주로 세팅하고 2배 효과를 적용받아 대미지 감소율이 60퍼센트에 이르렀다.

또한 마지막 대형 보스 던전답게 평범한 적에게서도 실로 호화로운 어빌리티를 얻을 수 있었다.

이것으로 이제 아무것도 두렵지 않아!

Kaivon : 너희 왜 초상집 분위기야? 내가 지금부터 최후의 어빌리티를 얻을 테니까 와서 구경들 하셔~.

Syun : 오냐, 빨랑 해라.

Daria : 플래그 세우긴.

El : 빨리 끝내고 이쪽으로 오세요.

Gu-Nya : 뜬금없는 개그로 분위기 바꿔 보려고 한 거지ㅋ

Oink : 착하네, 본본.

Kaivon : 시끄러, 닥쳐!11111

젠장, 하여간 이것들은…….

그런 대화를 나누면서 나는 마지막 문에 손을 댔다.

방 안에는 금색 원형 스테이지가 있었고 위쪽에는 천장이 사라져 마치 우주 공간 속에 있는 것처럼 별이 총총 떠 있는 하늘이 펼쳐졌다.

그리고 그 중앙에는 금발 벽안의 장년 남성이 서 있었다.

그는 순백색 로브를 몸에 두르고 뫼비우스의 띠 같은 장식이 달린 황금 지팡이를 들고 있었다.

나는 몸에서 희미하게 오라를 발산하며—.

“준비하시고, 쾅~!”

전력질주 후 베기를 시전했다.

그 순간 신도 전투 모드에 돌입했지만, 나는 공격의 여세를 몰아 지팡이의 고리 장식에 탈검을 찔러 넣고 힘껏 잡아당겼다.

그러자 상대의 손에서 지팡이가 쏙 빠져나와 순간 창조신의 움직임이 멈췄다.

신은 뒤로 훌쩍 물러나 양손을 앞으로 내밀고 자신의 손안에 빛을 만들어 지팡이를 재생하려고 했다.

그 순간 나는—.

“그럼 한 번 더~!”

이후는 생략.

이 게임은 뭐든 가능했다.

공격하는 순간 시점을 FPS 모드로 바꿔서 마우스 에임으로 공격할 부분을 세세하게 지정할 수도 있었다.

변화라고는 없는 이 세계에서 몇 년이나 싸운 나는 패턴도 진즉에 다 외웠다. 이 정도 에임 맞추기는 일도 아니었다.

아마 보통이라면 이렇게 지팡이 재소환을 유발해서 틈을 만들고 후방조가 찔끔찔끔 대미지를 축적하는 것이 이 녀석에 대한 필승법일 터였다.

하지만 이번에는 달랐다.

내 검에서는 충격파가 발산되어 작은 대미지라고는 하나 서서히 상대에게 축적되어 간다.

약한 활이나 마술 같은 수준의 공격이 무수히 이뤄지고 있는 셈이었다.

게다가 내 장비로는 신의 오라로 받는 도트 대미지가 여간 크지 않았지만, 그것도 즉석에서 회복해 버렸다.

그야말로 이 녀석을 죽이는 데 특화된 어빌리티 구성이라 할 수 있었다.

눈앞에서 HP가 절반 이하로 떨어진 신은 공격 속도를 높였다.

이렇게 되면 패턴이 꼬여서 실수할 확률이 높아진다.

하지만 이번 구성으로 그 반격 대미지도 최소한으로 억누른 데다가—.

“이 녀석은 연속으로 공격을 맞추기도 쉽단 말이지.”

매번 공격을 지팡이에 맞춘다. 그러면 상대는 일일이 백스텝을 해서 행동을 멈추고 지팡이를 소환한다.

공격이 빗나갈 요소가 없었다. 그리고 그 결과 [찬탈자의 증거(투)]가 발동하여 지금 공격 속도는 말도 안 되게 올라가 버렸다.

쓰러뜨리는 건 이미 시간문제라고 봐야겠지.

§ § §

**[찬탈자의 증거(신(神))]**

신을 완전히 봉쇄하고 무릎 꿇게 한 자의 증거. 신은 울어도 좋다.

공격에 신(神) 속성 부여 가능. 신 속성은 모든 종족, 내성에 경감되지 않는다.

또 상대의 방어력을 50퍼센트 감소시킨 상태로 대미지 계산이 이루어진다.

증거 수집 컴플리트!

이야~, 신은 강적이었습니다.

실제로 단조로운 작업이 반복되어 은근히 지친 것은 사실이었다.

몇 번쯤 집중력이 끊겨 반격당할 뻔하기도 했고.

하지만 역시 대미지 60퍼센트 감소의 효과가 커서 곧바로 회복해 버렸다.

어쩐지 중간부터 신의 그래픽에 그늘이 진 것 같은 기분이 들 정도로 불쌍해 보였다.

딴에는 이 게임의 최종 보스 취급인데 말이지…….

Kaivon : 어때? 전투 영상 보내고 있었는데 봤어?

Syun : 신을 모독하는 마왕으로밖에 안 보였다.

Daria : 끝판왕이 끝판왕을 쓰러뜨리고 있네.

Gu-Nya : 양민 학살 즐ㅋㅋㅋㅋ

Oink : 용케 집중력이 이어지네, 수고요~.

Ei : 아, 미안해요. 일러스트 그리느라 못 봤어요. 우리 애들 네 명 단체 그림이에요.

내 마지막 위업이 이런 취급이었다.

Kaivon : 지금부터 이 증거 전부 세팅해 봐야지!

Syun : 그래도 슬롯 하나 비지 않아?

Daria : 우리의 싸움은 이제부터 시작이다, 같은 건가?

Kaivon : 야, 이제 시간도 없잖아ㅋ 이 시간에 뭘 하겠냐.

그럼 전부 세팅하고—.

Kaivon : 야! 봐봐!

여덟 슬롯 중 일곱 곳을 증거로 채우고 남은 곳을 구태여 쓰지 않고 비워 뒀다.

증거가 주르륵 늘어선 모습은 가히 장관이었고 성취감을 느끼게 했다.

그리고 그 결과—.

Kaivon : 아무 일도 안 일어나잖아!

Daria : 그럴 줄 알았다.

Syun : 이 게임은 이런 부분이 엉성하니까.

Gu-Nya : 완전 웃김ㅋㅋㅋ 헛고생 수고ㅋㅋㅋ

El : 수고하셨습니다. 슬슬 카운트다운 시작이에요. 돌아와 주세요.

Oink : 하아, 정말 마지막까지 망겜이네.

Kaivon : 됐어, 됐어. 어차피 시간도 없는데 무슨 일이 일어나면 오히려 곤란해.

하기야 이게 가장 이 게임답지.

§ § §

센트럴 타운으로 가자 정말 서비스 개시 직후 이상으로 붐비고 있었다.

원래 전투 외에는 장점이 없는 게임이었기에 아무것도 없는, 기껏해야 아이템 보충으로밖에 이용 가치가 없는 마을에 이렇게나 사람이 몰리는 일은 없었다.

플레이어 이벤트라고 해 봤자 수준이 뻔한지라 마을이 이

만큼 사람으로 붐빈 것은 정말로 게임 유래 처음 있는 일이리라.

오히려 마을이 있는 서버가 버티는 게 용하다고 칭찬하고 싶어질 정도였다.

Kaivon : 기다렸지?
Syun : 주변 사람들이 너 보고 식겁 중이다.

"우와! 방랑 마왕이 마을에 있어!"
"정말로 사람이야? 저기요, 님 유저예요?"

Kaivon : 우와, 귀찮게.
Daria : 마지막인데 무슨 말이라도 해줘라. 전설로 남을걸?
Gu-Nya : Kaivon 취급 왜 이렇게 웃김ㅋㅋㅋㅋㅋ 너 사회부적응이냐ㅋ
Kaivon : 아니거든ㅋ 이 겉모습으로 놀림 받는 거 귀찮아ㅋ
티 : 나는 싫지 않은데요? 우리 애랑 같이 있으면 마왕과 붙잡힌 공주 같아서 그림도 되고요.

"에휴, 사람 보고 이러쿵저러쿵. 나 유저거든?"
"""""꺄아아아아아아! 말했다아아아아아아아아아아아!"""""
"시끄러워!"

마지막 날 정도는 이런 떠들썩한 분위기에 동참하는 것도 괜찮겠지.

그래, 뭔가 신선해서 좋아. 마치…….

"이러고 있으니까 서비스 개시 때 생각나네."

"오, 님도 초창기부터 함?"

"아니, 나는 베타 전, 알파 테스트 플레이부터 했어."

"우와! 그 400명에 뽑혔다고?"

Gu-Nya : 뭐야, 나 처음 들었음ㅋㅋ

Syun : 아~, 그걸 말해 버리네.

El : 그럼 이 많은 버그와 안이한 밸런스 조정의 책임은…….

Kaivon : 아냐, 아니야. 우린 어디까지나 서버 과부하 테스트밖에 안 했다니까! 나 그런 건 체크 안 했어.

마지막이라서 그런지 살짝 원망 섞인 말이 이어졌고, 오히려 거기서 옛 추억담이 펼쳐졌다.

그게 정말로 『작별』이기 때문임을 싫어도 알게 되어 조금이지만 가슴이 먹먹했다.

아무리 그래도 게임으로 울지는 않지만, 최근에는 좀처럼 겪은 적 없는 서글픈 기분을 맛보게 해줬다.

서비스를 개시한 지 5년, 내 경우에는 테스트 때부터 시작했으니까 남들보다 조금 긴 7년.

아, 딱히 2년이나 테스트를 한 건 아니었다. 테스트부터 발매까지 2년이나 시간이 걸렸을 뿐이었다.

여하튼 정말로 내 인생의 일부가 되었던 게임, 그리고 내 반쪽이라고도 부를 수 있는 캐릭터.

지금 사용하는 Kaivon 외에도 캐릭터가 두 개 더 있고, 그쪽도 소중한 내 분신이다.

그것들이 이제 모두 사라진다.

이제야 겨우 힘을 발휘한 이 검도, 모두—.

이것이 온라인 게임의 숙명.

아쉬운 마음이 왜 없겠는가.

하지만 역시, 정말로, 아아…… 즐거웠다.

그런 만족감이 나를 채우고 있었다.

§ § §

『그럼 지금부터 운영진의 인사가 있겠습니다.』

"오, 시작했다."

"GM 말고 운영진이 게임 안에서 메시지 보내는 건 처음 아니냐?"

Kaivon : 이것들 이런 메시지도 쓸 수 있었냐?

Gu-Nya : 점검 공지도 GM 캐릭터로 외치던 것들이ㅋㅋㅋ

인사는 무난하고 흔해 빠진 내용이었다.

사람이 줄어든 사실이나 자신들의 실수를 인정하는 말과 기재 부족, 열악한 설비, 부족한 예산 등 변명으로 들리는 말도 중간중간 섞여 있었다.

하지만 그럼에도 그들은 조금씩 개선해 나갔다. 그것을 가장 잘 아는 사람은 나일 것이다.

아마 가장 많이 싸운 사람은 나일 것이고, 가장 오류 보고를 많이 보낸 사람도 나일 것이다.

『저희의 미숙한 조정으로 빛을 보지 못한 아이템도 많았습니다.』

kaivon : 네.

Syun : 「네(정색).」

Gu-Nya : 완전 웃겨ㅋㅋㅋㅋ

젠장! 젠장! 지금 이게 웃을 일이냐고?!

『게임의 근본적인 부분에 관한 데이터였기 때문에 섣불리 손을 댈 수가 없었습니다. 그것이 지나치게 강력했던 탓입니다.』

Kaivon : 아…… 방금 봤지? 어빌리티.

티 : 밸런스 파괴죠? 조금 전에도 그 단시간에 신을 솔로로

공략해 버릴 정도니.

Oink : 망겜에 박차를 가했겠네.

인사는 뭐, 대강 그런 식으로 끝났다.

그리고 마침내 카운트다운이 시작됐다.

Kaivon : 10

Daria : 9

Syun : 9

Daria : 겹쳤다.

.

.

Kaivon : 야ㅋ 그렇다고 멈추면 어떡해.

El : 4!

Daria : 4!

Gu-Nya : 너 또ㅋㅋㅋㅋ

Syun : 아 제발ㅋㅋㅋㅋ

Oink : 1!

자, 마지막은 다 함께 동시에 외치자!

초조한 마음을 추스르고 키보드를 두드린 다음, 엔터키에 손가락을 올렸을 때—.

Kaivon : 정말로, 즐거웠어…… 요시키.

한순간, 그런 문장이 보였다고 생각한 찰나, 내 의식이 흐려졌다.

# 1장 숲 속의 새하얀 엘프

으슬으슬하다.

그런 불편한 느낌을 받은 순간, 잠에서 깨어나며 의식이 뚜렷해졌다.

눈을 뜨는 것도 귀찮아서 이제 곧 눈에 비칠 광경을 예상해 봤다.

틀림없이 얼굴에 키보드 자국이 찍혀 있겠지…….

"엉?"

하지만 눈에 들어온 것은 마른 낙엽, 그리고 콧속을 간질이는 흙냄새…… 부엽토일까?

무슨 일인가 싶어 벌떡 일어나서 주위를 둘러봤다.

어딘가 산속을 연상케 하는 어둑한 풍경.

코를 간질이는 냄새는 산속 특유의 흙냄새와 희미한 곰팡내.

썰렁한 기운에 나도 모르게 몸을 끌어안았다가 이번에는 더 큰 변화를 눈치챘다.

나는 방금까지 실내복 차림이었다.

티셔츠에 반바지, 여름이라고 완전히 해이해진 복장이었을 터였다.

애초에 지금은 여름인데 왜 이렇게 추워? 이 옷은 또 뭐고……?

"이거 코트지? 카이본이 입은……."

조심스레 머리를 만져 봤다.

손가락이 매끈하게 미끄러지는 부드러운 머리카락이 앞으로 흘러내렸다.

은색.

게다가 시야가 이상하리만치 좁았다.

얼굴에 손을 대자 그것이 마스크 때문임을 알았다.

"카이본의 마스크……."

그리고 결정적인 것은 혹시나 하는 마음에 만져 본 머리 위의 뿔이었다.

얼굴 형태도 손으로 만져본 결과 내 얼굴이 아니라는 것을 알 수 있었다.

이건 다시 말해—.

"꿈이네. 나도 대체 얼마나 미련이 남았으면……."

나는 멍하니 꿈속의 숲을 걸었다.

하지만 차츰 이것이 정말로 꿈인지 불안이 밀려왔다.

애당초 이런 스테이지는 게임에 존재하지 않았다.

창작이든 뭐든 이런 풍경을 본 기억이 없었다.

이런 게 꿈에 나올 리가 만무했다.

그리고 그 불안에 쐐기를 박은 것은 눈앞에 나타난 이것들이었다.

"이럴 때 만난다고 하면 보통 고블린이나 그런 거잖아?"

무엇을 기준으로 한 보통인지는 모르겠지만, 적어도 처음 만나는 상대가 이런—.

"뱀이 이런 추운 날에 활동하는 게 어딨어!"

몸길이가 8미터는 될 법한 거대한 뱀이 곧장 꼬리를 무서운 속도로 휘둘렀다.

나는 그것을 정강이에 맞고 벌렁 나자빠져 버렸다.

그래도 생각 외로 크게 아프지는 않았다.

하지만 눈앞에는 나를 노리는 뱀의 아가리가……!

"그대로 굴러!"

"?!"

그 외침에 반응해서 퍼뜩 옆으로 구른 나를 칭찬하고 싶다.

그 직후, 내가 쓰러져 있던 바닥에서 얼음 가시가 불쑥 튀어나와 뱀의 턱을 꿰뚫고 정수리까지 관통했다.

어떤 종류의 혐오 영상에 필적하는 그 참상을 얼떨떨하게 보고 있자, 목소리의 주인으로 생각되는 인물이 말을 걸어왔다.

"너…… 마족인가? 그것도 상당히 상위 마족인 것 같은데?"

"아, 아니, 나는……."

"……왜 이 정도 상대에게 고전하지? 넌 대체 누구야?"

"아니, 저는 휴먼인데요."

"그 말에 속을 사람이 있으려고. 네 모습을 보고 말해."

붉게 물드는 얼음 가시에 비친 모습을 보고 나는 확실하게 이해했다.

아니, 알고는 있었지만 새삼 이렇게 보니…… 어떻게 봐도 마왕님이네그려.

"정말로 휴먼이야. 이 모습에는 그럴만한 이유가 있어."

"……이 마력 파동은 확실히 마족과는 달라……. 하지만 휴먼과도 달라."

"그, 그래?"

"왜 그만한 힘을 가졌으면서……."

"힘이라니, 내가 무슨 힘이 있다고……."

침착함을 되찾고 그제야 상대방의 모습을 봤다.

푸른색 로브로 얼굴을 감추었지만, 보아하니 여성 같았다.

목소리과 선이 가는 생김새를 볼 때 틀림없으리라.

목제 지팡이를 손에 든 모습은 판에 박힌 마법사 룩이었다.

분명 내 모습을 보고 경계하는 것 같은데 이걸 어쩐다…….

메뉴 화면에서 장비를 바꿀까, 라고 생각했지만 그런 게 나올 리도 없고…….

그보다 이 상황은 정말로 꿈이 아니었어?

아, 정말, 어떡하면 좋지?

"……일단 따라와. 수상한 짓 하기만 해 봐."

"아, 알았으니까 그거 이쪽으로 들이대지 마세요."

지팡이를 들이대던 그녀는 나에게 주의를 기울이며 발길을 돌렸다.

나는 그 뒤를 따라갈 수밖에 없었다.

§ § §

메뉴를 불러내려고 속으로 빌어 보기도 하고 손가락으로 보이지 않는 키보드를 조작하듯 움직여 보기도 했으나 모두 허탕이었다.

SF 세계처럼 윈도우가 붕 떠오르거나 하지 않으려나?

도저히 포기할 마음이 들지 않아 나는 입 밖으로 소리 내어 투덜거렸다.

"메뉴야…… 좀 나와라……."

그것이 요행이었다. 정말로 메뉴가 나타난 것이었다.

흡사 헤드 마운트 디스플레이를 착용한 것처럼 눈앞에 익숙한 메뉴 화면이 펼쳐졌고, 그걸 보고 놀란 나는 무심코 소리를 질렀다.

"뭐야! 수상한 짓 하지 마!"

"자, 잠깐만! 지금 바꿀게요."

앞장서서 걷던 그녀가 깜짝 놀라 내 쪽을 돌아봤다.

어쩐지 화가 났다기보다는 놀라서 소리를 지른 것 같은, 그런 목소리였다.

이 이상 자극하지 않기 위해서라도 급하게 현재 내 상태를 확인하고자 한번 스테이터스를 띄워 살펴봤다.

【Name】 ???
【종족】 휴먼(?)
【직업】 탈검사, 권투사(50)
【레벨】 200
【칭호】 무늬만 마왕
신을 울린 자

【장비】
【무기】 탈검 브란트
【머리】 없음 (엘드 카프리콘) (페인즈 페르소나) (밤과 붉은 달의 마안)
【몸】 금실 자수의 흑색 황제 외투 Ver.중합(重合) 갑옷 합성 by구~냐♪ (엘더 윙)
【팔】 갈망과 절망의 양팔
【다리】 금실 자수의 흑색 황제 외투 Ver.중합 갑옷 합성 하반신 버전 by구~냐♪

**【플레이어 스킬】 검술, 장검술, 대검술, 찬탈(탈검 사용시)**
**격투술**
**【웨폰 어빌리티】 [흡생검]**
**[크리티컬 확률 +35%]**
**[대미지 +30%]**
**[충파열풍인]**
**[피해 감소 −30%]**
**[어빌리티 효과 2배]**
**[찬탈자의 증거(투)]**
**[찬탈자의 증거(검)]**

표시된 스테이터스는 마지막으로 『창조신 아스트랄』을 쓰러뜨렸을 때와 동일했다.

낯선 칭호가 있었지만, 어쩐지 이해는 할 수 있었다.

미안하다. 끝판왕인데 거의 아무것도 못 하고 죽여 버려서.

그보다도 이 종족명 좀 보세요. 물음표가 붙었다고요!

뭐야? 세계가 내 존재에 의문이라도 가졌어? 우회적으로 나 따돌리는 거야? 흥, 됐네요, 됐어. 자~알 알겠습니다!

나는 마음을 다잡고 항목을 조작해 장비에서 액세서리 종류를 모두 뺐다.

『엘더 윙』, 『엘드 카프리콘』, 『페인즈 페르소나』, 『밤과 붉은 달의 마안』을 해제.

모두 겉모습에 영향을 줄 뿐인 패션 아이템이었다.

참고로 이런 종류의 아이템은 나름대로 많이 마련되어 있었지만, 입수 방법이 귀찮아서 모으는 사람은 얼마 없었다. 그중에서도 보란 듯이 별난 이것들을 모으는 사람은 더더욱 적었다.

같은 『병』을 앓는 사람들이 날개만 가지고 싶어 하는 경우는 종종 눈에 띄었지만…….

좌우지간 스스로 확인할 수는 없어도 아마 이제는—.

"뭐야?! 너 사람으로 둔갑도 하는 거냐!"

"아, 아니에요! 이건 액세서리라고요! 이게 원래 모습이죠."

"……그래? 어떻게 증명할 셈이지?"

"다, 다른 액세서리를 장비해 볼게요."

개그 장비인 『코주부 안경』, 『아프로 가발』, 『야옹이 가방』을 장착했다.

그러자 등을 누르는 적당한 무게와 부드러운 감촉, 코를 덮는 압박감이 느껴졌고 시야가 불투명해졌다.

"어, 어떻습니까?"

"……풉, 그게 다 뭐야? 넌 광대나 뭐 그런 건가?"

"뭐, 대충, 그런 거?"

"아직 이상한 기운은 그대로지만, 마족이 아니란 말은 사실 같군."

간신히 오해를 푼 나는 개그 장비들을 해제하고 다시 그녀의 뒤를 따라갔다.

안녕하세요, 원판은 미남입니다.

아직 이곳이 꿈속 세계가 아닐까 의심하면서도 숲 속 나무들의 질감이나 바람에 스쳐 울리는 나뭇가지와 나뭇잎 소리가 너무나도 사실적이라서 꿈이라고 생각할 수 없었다.

게다가 앞을 걷는 여성을 어디선가 본 것만 같은 찜찜함이 마음에 걸렸다.

해답을 찾지 못한 채 숲 속을 걷길 수십 분— 익숙하지 않은 산길을 걷는데도 피로를 느끼지 않는 점을 미심쩍게 여기면서도 목적지에 도착했다.

"여기가 내 거처야. 하지만 이야기를 들어 보니 단순한 휴면이란 생각은 안 드는걸."

"일단은 휴면이라고 기억하는데 말이죠……."

스테이터스 화면이나 자신이 지금과 같은 모습이 아니었다는 사실을 설명했지만, 명확한 대답은 돌아오지 않았다.

그래도 스테이터스 화면은 그녀도 표시할 수 있는 모양이었다.

그녀가 말하기를, 가능한 사람과 그렇지 않은 사람이 있다는데……. 그 차이는 어디에서 오는 것일까? 내가 사용할 수 있는 것으로 보아 나와 같은 처우에 놓인 사람이라는 가능성도 버릴 수 없겠으나, 적어도 이렇게 대화를 나눠도 그녀가 유저라는 느낌은 들지 않았다.

일단 지금은 내 일을 우선하자.

"그럼 이제 네 이름을 들어 볼까? 그리고 가능한 한 너 자신에 대해 말해줘."

그녀의 집은 외관이 스키장의 산장 같은 통나무집이었으며, 내부도 보이는 그대로였다.

목제인데도 탁월한 기술력을 느끼게 하는 의자에 걸터앉은 그녀는 나에게도 앉으라며 자리를 권했다.

"그러니까 말이죠, 저는 아마도 이곳과는 다른 장소, 전혀 다른 세계의 인간일 겁니다."

기억 상실이라는 둥 설정을 지어내서 둘러대지 않고 사실 그대로를 말했다.

방금까지 자신은 마물이나 스테이터스 화면이 존재하지 않는 세계에 있었다는 것.

그리고 지금 이 모습은 진짜 자신이 아닌 가상의 육체, 만들어 낸 모습임을 에둘러 설명했다.

"그렇다면 넌…… 당신은 지금까지 상위 세계에서 가공의 육신을 빌려 하위 세계에 간섭했었다……?"

"아, 뭐어……, 틀린 말은 아니네요."

거창하게 들리지만 얼추 맞는 말이었다.

어쩐지 무슨 신이라도 된 기분이었다.

그나저나 나를 부르는 방식이 『너』에서 『당신』으로 바뀌었는데…….

"아, 그렇다고 신 같은 건 아닙니다. 그냥 내키는 대로 모험을 하고 있었을 뿐이지. 그리고 아무래도 이곳이 그쪽이 말하는 하위 세계 같지도 않고요."

"그, 그렇……습니까? 아니, 신이 아니라면 평범하게 대하는 편이…… 나은가?"

나로서는 평범하게 대해줬으면 좋겠다. 그리고 가능하다면 이 세계에 관해서 자세하게 듣고 싶으므로 공손한 태도를 보여야 할 사람은 오히려 나였다.

그리고—.

"저, 슬슬 후드를 벗으셔도 되지 않을까요?"

"아, 그랬지. 오늘은 날이 추워서 깜빡했어."

실은 이 사람, 후드 좌우가 묘하게 옆으로 튀어나와 있었다.

이거 어쩌면 그거 아냐? 엘프 귀? 진짜 엘프 귀인가?

기대감에 가슴을 부풀리며 그녀가 후드에 손을 가져가는 모습을 응시했다.

"내가 추위를 많이 타서…… 후우."

"오오……."

마땅한 형용사가 떠오르지 않을 정도로 미인이었다.

게임 캐릭터 같은 미인 엘프가 만약 눈앞에 나타나면 곧바로 형용할 말이 나올 턱이 없지, 아무렴 그렇고말고.

투명하리만치 새하얀 피부에, 은색이라기보다 정말로 흰색에 가까운 장발. 그리고 색이 옅은 하늘색 눈동자.

엘프라고 하면 금발에 푸른 눈이라는 이미지가 먼저 떠오르지만, 이건 이것대로 괜찮은 느낌이…….

“왜 그러지? 그렇게 이 머리가 별난가?”

“아뇨, 그런 게 아니라…….”

오히려 대단히 눈에 익어서 문제였다.

내 취향을 저격하는, 욕망에 따라 좋아하는 요소를 닥치는 대로 집어넣은 Kaivon과는 다른 방향으로 이상적인 캐릭터.

내 세컨드 캐릭터인—.

“소개가 늦었군. 내 이름은 류에 세미엘이야. 네 이름을 알려줄 수 있을까?”

『Ryue(류에)』 본인이었습니다.

머리를 세게 얻어맞은 듯한 충격에 사고가 멈춰 버렸다.

왜냐고? 애초에 내 캐릭터가 내 의지를 벗어나서 움직이고 있다는 사실이 놀라웠다. 이렇게 눈앞에 사람으로서 존재하는 이상 하나의 생명체로서 움직이고 있다는 것은 이해할 수 있었다.

게다가 추측이지만 이곳은 게임 속 세계는 아닐…… 것이다.

이름만 놓고 보아도 그랬다. 내가 Ryue에게 성을 설정한 기억은 없었다.

하지만 눈앞에 있는 그녀는 자신의 이름을 『류에 세미엘』

이라고 밝혔다.

우연이라고는 생각할 수 없었다.

"제 이름은……."

뭐라고 해야 할까.

본명인 『니시다 요시키(仁志田 吉城)』, 이쪽 세계에 맞춰서 한자는 빼고 그냥 『니시다 요시키』라고 말해야 할까? 아니면 『카이본』이라고 해야 할까?

스테이터스 화면을 확인했을 때 내 정보에 이름은 비어 있었다. 말하자면 미설정 상태였다.

지금 이 자기소개는 어쩌면 스테이터스에 반영될 중요한 일일지도 몰랐다.

그래서 나는—.

"저는 『카이본』입니다. 카이라고 불러주세요."

"카이본……."

왠지 그녀의 표정에 어렴풋이 그늘이 드리웠다.

"그럼 카이 군이라고 불러도 될까? 너는 이제부터 어떻게 할 생각이지?"

"가능하다면 이곳이 어떤 세계이고, 이 장소가 어디인지, 앞으로 어떻게 처신해 나갈지를 생각해 보려고 합니다."

"흠, 그럼 당분간 이곳에 머무르도록 해. 솔직히 말하자면 이곳에서 힘을 좀 기르지 않으면 바깥으로 나갈 수 없어."

"네?"

그녀의 설명에 따르면 이곳은 어느 정도 강자밖에 출입할 수 없는 강력한 결계로 보호받는 구역인 듯했다.

얼마나 넓은지는 정확히 알 수 없지만, 걸어서 경계선까지 가려면 일주일은 걸린다고 한다.

게다가 이곳은 그 구역의 중심이기도 하다고…….

"참고로 나는 이유가 있어서 이 부근에서 그다지 멀리 떨어질 수 없어. 따라서 너를 보호하며 바깥까지 데리고 가는 건 불가능해."

"그렇겠죠……. 하지만 괜찮은가요? 일단 나도 남자인데, 여자 혼자 사는 집에 있으면 문제가 있지는……."

"후후, 내가 언제 혼자라고 했지?"

……설마 기혼자? 아니면 남자와 동거라도 하고 있나? 자신의 사랑스러운 캐릭터와 쏙 빼닮은 사람이 그렇다면 썩 재미있는 이야기가 아닌데…….

아빠는 허락 못 한다.

"아, 함께 사는 사람이 또 있나요?"

"아니, 혼자야."

"네?"

"조금 견제해 봤을 뿐이야. 나를 어떻게 하고 싶다면 상당한 노력이 필요할 거야."

어련하겠습니까…….

이런 위험 구역 중심에서 혼자 사시는 분인데, 허튼수작이라도 부릴라치면 얼음 조각밖에 더 되겠습니까.

§ § §

이러니저러니 하는 사이 2주가 흘렀다. 그녀와 함께 지내는 시간은 쏜살같이 지나갔다.

응? 반년도 아니고 왜 고작 2주냐고? 그런 오랜 기간을 한마디로 정리할 수 있을 만큼 이곳의 생활은 담담하지 않았다.

솔직히 하루하루가 놀라움의 연속이었다. 여러모로.

“으응…… 뭐야, 카이 군. 깨워주지 그랬어.”

“아까 깨우려고 했더니 울 것처럼 『두 시간만 더』라고 했잖아?”

“기억이 안 나……. 오늘은 뭘 만들고 있지?”

요 2주 사이 류엘과 제법 거리가 가까워졌다고 생각한다.

내가 일방적으로 친근감을 가지고 있기도 했고, 그녀 또한 사람과 말을 섞을 기회가 적었기 때문인지 기껍게 대화에 응해줬다.

그런 덕분에 서로에 대한 말투도 제법 편하게 바뀌어 있었다.

그녀가 잠기운이 가시지 않는 눈으로 기대감을 품은 듯 다가와서 얼굴을 가져다 댔다.

참고로 그녀는 일어날 때 알몸, 혹은 얇은 나이트가운을 달랑 걸친, 눈을 어디에 둬야 할지 몹시 곤란한 생활습관을 지니셨다.

평소에는 로브 같은 잠옷을 입고 있는데, 이 사람이 간혹 이런 꼴로 나타난단 말이죠…….

어찌 됐건 이런 나날이 이어지는 탓에 하루하루가 보물처럼 소중하다, 뭐 이런 얘기입니다.

내 뇌 속 폴더는 슬슬 테라바이트에 돌입할 것 같습니다.

다행이구나, 내가 좀 더 젊지 않아서. 다른 사람이었으면 이것저것 발산하느라 무슨 짓을 저질렀을지도 모른다구요?

아니, 뭐, 나도 아직 한창나이긴 하다만.

"오늘은 창고에 있던 생선 토막을 오일에 조려 봤어. 일단은 바로 구워 먹어도 맛있지만, 이건 보존 식품 같은 거야."

"오호라, 그렇다면 나도 만들 수 있겠는걸?"

"그래. 내가 떠난 후에도 조금은 제대로 된 식사를 해주길 바라니까."

"……그래."

이 위인께서는 결코 손재주가 없지도 않고 요리를 못 하는 것도 아니면서 실로 호기로운 요리밖에 만들려고 하지 않으신다.

기본적으로 『소금으로 굽는다』와 『수프로 끓인다』뿐이니 말 다했다.

『창고』에는 방대한 식재료부터 향신료, 또는 잡화나 살벌한 무구까지 들어 있는데도 불구하고 이 모양이었다.

그나저나 이 창고란 것이 신선도가 유지되더라.

따지고 보면 넓이부터 이상했다.

내가 처음 들어갔을 때에는 마치 거대한 쇼핑몰에라도 온 것처럼 놀랐었다.

듣자 하니 자동으로 이곳에 물자가 보충된다는 것 같았다. 무엇이 보충될지는 완전히 무작위라는 모양이지만.

그녀는 그것을 『예물 같은 것』이고 말했다.

"그럼 오늘은 이 생선…… 아마 연어라고 생각되는 이걸로는 소테[#3]를 만들고, 나머지는 감자 포타주와 마늘빵이면 되겠지?"

"흠…… 나는 라이스가 더 좋다만."

"이 요리에는 빵이 더 어울리는데? 게다가 아마 류에가 생각하는 그런 빵이 아닐 거야."

"그래? 나는 먹으면 턱이 지치는 그걸 음식으로 인정하고 싶지 않아."

바게트군요. 알 만합니다.

그 말대로 바게트는 얇게 썰어서 수프와 함께 먹지 않으면 금방 턱이 지친다.

예전에 그녀는 호기롭게 바게트를 통째로 씹어 먹으면서

---

**#3 소테** 고기를 버터나 샐러드유를 녹인 프라이팬이나 철판에 구운 요리.

그것을 나한테도 건넨 적이 있었다.

우리 적어도 잘라 먹기는 합시다.

“바삭바삭해서 맛있는걸. 그 창고에 이런 편리한 것이 들어 있었다니~.”

“자기 창고에 뭐가 들었는지 몰라?”

그녀의 창고 안에 불 없이 만들 수 있는 샌드위치 메이커 같은 물건이 있어서 사용해 봤다.

그밖에도 낯선 물건부터 시작해 원래 세계에서 본 적 있는 물건까지 다양한 조리 기구가 갖춰져 있었기 때문에 사용해 보는 것이 소소한 즐거움이었다.

나는 요리 자체도 물론 좋아하지만, 새로운 도구, 모르는 도구를 사용하는 것을 정말로 좋아했다.

그리고 누가 나에게 얼마나 요리를 좋아하느냐고 묻는다면 망설이지 않고 이렇게 대답하리라.

『자신이 정말로 좋아하는 일을 직업으로 삼으면 괴로워진다는 것을 뼈저리게 알고 있을 정도』라고.

즉, 그런 뜻이었다. 물론 좋아한다. 지금도 엄청 좋아한다.

구체적으로 말하면 카레나 스튜를 시판하는 루 없이 만들 수 있을 정도로 정말 좋아한다.

“몰라. 나는 그저 보내온 물건을 보관하고 있을 뿐이니까. 그나저나 마도구도 많이 진보했군.”

“저기, 류에는 얼마나 여기에 있었어?”

"글쎄…… 나도 이제 정확하게 기억하고 있지 않아. 다만, 한 가지 말할 수 있는 건 하나의 종(種)이 멸종할 정도의 기간이라는 것뿐."

"엄청난데……."

이제 보니 그녀는 어마어마한 할머니였나 보다. 척 보기에는 10대라고 해도 믿을 모습인데.

아침 식사를 마친 후, 아쉽지만 류에는 평상복으로 갈아입고 그 위에 또 항상 착용하는 로브를 입었다.

집 안은 난로로 따뜻한데도 그녀는 구태여 그것을 입으려고 했다.

그렇게나 감촉이 좋은 것일까?

어디 한번 만져 보자.

"꺅! 난데없이 뭐야? 간지럽게."

"아니, 항상 입고 있길래 그렇게 감촉이 좋나 싶어서."

"아, 이건 마법이 걸려 있어서 마력을 빨리 회복하게 도와줘."

"응? 그렇게 매일 마력을 쓰고 있어?"

"그건 숙녀의 비밀이라고만 말해 둘게."

그건가? 젊음을 유지하기 위함이라거나 그런……?

뭐, 아무렴 어떠한가. 슬슬 나도 마법이란 것에 손을 대고 싶어졌다.

게임에서 익히지 않은 것은 이쪽에서도 쓸 수 없었다.

일단 2주간 게임에서 가능했던 일을 확인하고 반복 연습

하고 있었다. 그 결과, 게임 때처럼 신들린 듯한 세세한 기술을 재현할 수는 없지만, 게임과 마찬가지로 『검술』을 쓸 수 있었고 거기에 맞춰 신체 능력도 올라가 있다는 것이 판명되었다.

그리고 슬픈 소식을 하나 전하자면 내 기본 모습은 그 마왕 룩이었다.

전투용 장비로 일괄 전환하는 기능이 있는데, 그것이 그 모습으로 고정되어 있던 것이다.

아차, 이야기가 옆길로 샜다. 지금은 마법이지, 마법.

"류에 선생님."

"왜 그래? 갑자기."

"저도 마법을 써 보고 싶은데 가능할까요?"

"어?"

반응이 왜 이렇지? 설마 「얘, 설마 마법도 못 써? 아, 어이없어」 같은 생각이라도 하셨나?

아니, 애초에 이 세계의 마법은 어떤 포지션일까?

생활에 밀착해 있을까? 아니면 한정된 인간이 사용하는 특이 능력 같은 느낌일까?

"혹시 검술이 더 드물어?"

"그래, 검술은 실제로 검을 들고 싸우는 것 말고 연습할 방법이 없으니까 일반인은 함부로 손을 댈 수가 없지. …… 적어도 내가 바깥에서 지내던 시대에는 그랬어."

셀프 우라시마[#4] 아가씨, 그 점에는 자신이 없으시군요.

"좋아. 그럼 밖에서…… 하면 추우니까 이곳에서 간단한 마법 훈련을 해 볼까?"

류에가 물이 든 컵과 티슈 같은 얇은 종이를 가지고 왔다.

……뭐랄까, 대단히 조촐하다고 해야 할지…… 전용 도구라든가 연습용 지팡이라든가, 그런 건 없습니까?

"정말로 일반적인 방법이지만, 이번에는 내가 가르치는 거니까 내 특기 속성에 관해서 말할게."

"그렇다면 얼음 속성인가? 그러면서 추위를 탄다니."

아직 확신은 없었지만, 내가 아는 Ryue도 얼음 속성을 메인으로 육성했다.

하지만 지금은 그 사실을 머릿속에서 밀어내고 그녀의 설명과 작업에 집중했다.

"우선 이 종이를 컵에 넣어서 물에 적셔."

"그거 둘 다 평범한 종이와 물이야?"

"맞아. 그리고 이 종이에 대충 마력을 흘려보내 봐."

"애초에 마력을 흘려보낸다는 게 뭔지 모르겠어."

"감각이라서 알려주기가 힘들어. 일단 기합을 넣어 봐. 뭔가 흘러나가라~, 하는 식으로."

초장부터 감각으로 하라고 하신들…….

---

**#4 우라시마** 우라시마 타로 전설의 주인공. 용궁에 잠깐 다녀온 사이 지상은 오랜 세월이 지나 몰라보게 변해 있었다.

나는 하나부터 열까지 차근차근 배우지 않으면 일을 외우지 못하는 인간이라고요.

아, 그래도 한번 외우면 요령이 좋다고 동네에 평판이 자자하지.

한번은 무슨 일이 있었냐면, 동네 어린이 스카우트 단을 도우러 갔다가—.

"카이 군, 집중해, 집중."

"어이쿠."

일단 물을 머금은 종이에 잉크를 스며들게 하는 느낌으로 기합을 넣어 봤다.

그러자 축 늘어져 있던 종이가 미세하게 떠올랐다.

"오? 이게 마력이야?"

"맞아. 그게 마력이야. 거기서 그 마력을 어떻게 다루느냐에 따라 속성이 바뀌지."

이번에는 류에가 가진 종이가 빳빳하게 서더니 잔잔한 서리가 앉기 시작했다.

그녀는 그 종이를 양손으로 쥐고 얇은 얼음장처럼 깨뜨려 버렸다.

"봐, 꽁꽁 얼었어. 물 그 자체가 아니라 종이에 스며들게 하면 비교적 쉬워지지."

"아, 그래서 종이가 필요했구나."

옳거니, 정말로 초보자를 위한 연습 방법 같았다.

그 후 시행착오를 거듭하길 한 시간.

"어? 류에, 나도 됐어."

"어디 볼까……."

드디어 종이가 얼었다.

물의 분자 운동을 의식하거나 마력 자체가 식어 가도록 이미지해 봐도 잘 풀리지 않아서 결국 떠올린 것이 기화열이었다.

물이 증발함과 동시에 마력을 확산시켜 열을 극한까지 빼앗고, 그것을 또 마력으로 보조하듯이 이미지하자 겨우 바라던 결과가 나왔다.

눈앞에서 류에가 내 노력의 결정을 똑똑 부러뜨리며 합격이라는 눈으로 나를 봤다.

"좋아, 좋아. 일단 지금 내가 가르칠 수 있는 건 이 정도로군. 체질적으로 마력을 함부로 쓸 수가 없거든. 섭섭하게 생각하진 말아줘."

"아니야, 나야말로 미안해. 이제부터는 스스로 이것저것 시도해 볼게."

자, 이 마법을 어딘가에 응용할 수 없으려나?

§ § §

"그럼 오늘 점심은 어떻게 할까?"

그 후 마법 연습을 중단하고 어느새 외출한 류에를 기다리면서 부엌으로 향했다.

신기한 창고는 자유롭게 써도 좋다고 들었는데, 정말 별의별 물건이 다 들어 있어서 무엇을 만들지 망설이게 되었다.

"냉장고도 아닌데 차가운 물건이 그대로 유지된다는 게 대단해. ……그래도 점심부터 고기는 좀 그렇지."

슬슬 기름진 음식은 버겁습니다.

눈앞에 있는 거대한 고기를 보기만 해도 속이 조금 느글거리는 기분이었다.

이건 무슨 고기일까? 생선과 달리 이미 고깃덩이가 된 그것에 약간 경계심을 품었다.

사실 이미 2주 동안 닭고기 같은 것은 먹었지만.

"그런 고로 점심은 빵으로 하자."

개인적으로 점심은 빵이나 면류라는, 편견에 가까운 이미지가 있었다.

그리고 방금 배운 마법을 한번 응용해 볼 수 없을까 싶어 필요한 다른 재료를 모으는 사이 류에가 돌아왔다.

"카이 군, 다녀왔어. 잠깐 밖에 나갔다 왔어."

"어서 와. 점심은 샌드위치인데 괜찮아?"

"아, 그건 부드러운 빵이지? 그 곤봉 같은 건 별로지만 그건 좋아해."

일단 흰 빵이 있어서 사전에 만들어 놓은 닭고기 비슷한 무언가로 만든 햄과 양상추, 토마토, 그리고 수제 만능 조미료 마요네즈를 빵 사이에 넣은 것이다.

실은 이 마요네즈에 조금 힘을 썼단 말씀~. 제대로 유화(乳化)도 했고, 기름 맛이 나지 않도록 정성 들여 만들었고, 금속 기구 사용을 피하고, 아울러 사용한 식초도 다양한 종류의 비니거 중 엄선한 일품을(이하 생략).

아무튼 이것저것 많이 들어간 맛있는 역작 마요네즈 되겠습니다.

"여전히 맛있는걸. 카이 군이 만든 희고 걸쭉한 이건."

"글쎄, 마요네즈라니까 그러네. 기성품이라면 창고에도 있었어."

"몰랐어. 나는 정말 그 창고에 관심이 없어서."

냉정하게 대답하고는 있지만, 내심 조금 평정심을 잃었다.

그런 싱글벙글한 얼굴로 무슨 말씀이십니까, 아가씨.

"그건 그렇고, 디저트를 하나 만들어 봤어. 먹어 보지 않을래?"

"음? 단 음식인가? 이 계절에는 창고에 있는 과일 정도밖에 먹지 못해서 기대되는걸?"

류에가 싫어하는 바게트, 그것을 대량으로 얇게 썰었다.

그리고 방금 노른자와 무언가의 젖(아마도 우유), 설탕을 섞은 액체를 중탕하고 약하게 가열했다.

그리고 이것을 바게트에 배어들게 해서 조금 전 배운 마법을 사용해 얼렸다.

그러면 바게트의 기포 덕분에 공기를 머금은 아이스처럼 된다.

맛을 보니 디저트로는 안성맞춤이었다.

여기에 방금 류에가 말한 그 창고 안 과일을 으깨서 설탕으로 가볍게 졸인 소스를 뿌렸다.

그러면 어머나 세상에! 얼렁뚱땅 손쉽게 만들었는데도 근사하고 차가운 디저트가 완성!

"자, 먹어. 날은 춥지만 집안이니까 괜찮겠지."

"흠, 이건 뭐지?"

"일단 먹어 봐."

류에가 조심스럽게 바게트(본인은 눈치채지 못했지만)에 소스를 발라 입으로 옮겼다.

이번에 사용한 과일은 서양의 배 비슷한 것이었다.

원래 과육이 부드러워서 단기간에 만드는 디저트라면 이것이 제격이라고 생각했는데, 과연 어떤 반응을 보일지…….

"차갑지만, 맛있어. 톡 부러져서 입안에서 녹고, 그리고 달아."

"이거 제법 쉽게 만들 수 있어."

"아주 좋아. 마음에 들었으니까 밤에도 만들어 줄 수 있을까?"

생각보다 무덤덤하게 감상을 늘어놓는 데 비해 손은 쉴

새 없이 입과 디저트 사이를 왕복했다.

좋아, 성공이다.

다음 날. 약간 기온이 올라서 류에가 밖에서 마법 훈련을 봐주게 되었다.

하지만 내용은 어제 한 것과 거의 똑같았다. 이번에는 그것을 종이가 아니라 땅에 대고 해 보시란다.

"어제 디저트가 빵이었다는 사실에는 놀랐지만, 그 두께를, 심지어 물 이외의 것을 얼릴 수 있는 것 같으니까 조금 예정을 앞당겨 봤어."

"그랬군. 참고로 오늘은 소스를 연하게 배어들게 해서 얼려 놨어."

"좋아, 역시 오늘 훈련은 그만두자."

"이봐……."

일단 냉장고 같은 도구도 있었지만, 그 빵의 식감이 마음에 든 것 같았기에 같은 방법으로 또 만들어 뒀다.

오늘은 어제와 달리 과일이 베이스이므로 바게트가 아니라 무난한 흰 빵으로 해 봤다.

"어쩔 수 없지…… 그럼 발아래로 마력을 흘려보내서 한발 앞이 얼도록 노력해, 이상!"

"거 설명 한번 빠르네! 어디 가?"

"잠깐 이른 점심을 먹으러."

어느 세계건 여성은 단 음식을 좋아하나 보다.

이번 연습은 혼자서 할 수밖에 없겠다.

"좋아, 해볼까?"

한발 앞 지면이 얇게 얼었다.

그것을 확인하고 땅 표면을 살짝 파 보니 멋지게 서릿발이 서 있었다.

아마도 이것을 발전시킨 것이 그때, 내가 뱀에게 공격받았을 때 본 거대한 얼음 가시일 것이다.

가야 할 길은 아직도 멀어 보인다…….

그렇게 내가 그녀와 생활하면서 한 달, 또 한 달이 지나갔다.

이윽고 마법을 사용해서 인근에 사는 마물…… 소형견 정도의 상대를 쓰러뜨리는 데 성공했다.

물론 검을 사용하면 쉽게 해치울 수 있는 상대였지만…….

그리고 얼마 안 가 그녀는 이 근처에 사는 마물에 관한 지식과 새로운 마법, 다른 속성의 연습 방법을 나에게 전수해 주었다.

—정신을 차리고 보니 주변에는 흰 눈이 쌓이기 시작했고, 계절은 겨울로 바뀌어 있었다.

"조준 양호, 마력 흐름도 문제없음."

"그럼 머리를 노리고 쏴."

팔을 앞으로 내밀어 뻗자 불꽃이 표적을 향해 날아갔다.

오늘 상대는 오랜 원수이기도 한 거대 뱀.

동면에 들어가려던 참인지, 움직임이 상당히 둔해진 상대를 기습한 것이었다.

뱀은 자신의 머리를 통째로 집어삼키려고 날아드는 불꽃을 알아차렸지만, 미처 피하지 못하고 산 채로 타들어 갔다.

“명중. 근데 머리가 완전히 날아가지 않았어?”

“……그러게. 아마 카이 군은 불에 적성이 있는 거겠지. 그럼 추우니까 따뜻하게 해줘.”

남의 마법을 난로 대신 쓰시겠단다.

“그나저나 카이 군은 대단한걸? 원래부터 검술을 쓸 수 있던 모양이니까 마법도 금방 배울 수 있으리라 생각은 했지만…….”

“그렇게 대단해?”

“일단 나처럼 영창도 마법명도 읊지 않고 사용하기는 어려워. 그렇지, 활시위를 당기지 않고 화살을 쏘는 것만큼 어려워.”

“그거 불가능 아냐?”

“시위를 어디에 거느냐에 따라 조금은 앞에 떨어질지도 모르잖아?”

“어차피 떨어지잖아.”

예시가 영 와 닿지 않았지만, 하고자 하는 말은 대충 이해했다. 즉, 내가 좀 대단하다는 것.

“무엇보다 대단한 점이, 밀도라고 해야 할까? 저 불도 뱀의 머리를 태우기 전에 증발시켜 버렸지? 그만큼 불의 밀도가 높고 온도도 높았다는 뜻이야."

"아~, 그러고 보니까 불꽃색이 조금 노란색에 가까웠지."

"색으로 온도를 알 수 있나? 나는 얼음과 대척점에 있는 불에는 문외한이라서."

"잘은 모르지만 푸른색이면 무지막지하게 고온이라고 하더라고."

"푸르다고? 잠깐 불 마법 연습 좀 하고 올게."

아, 이 사람, 얼음이 파란색이라서 좋아하는 겁니까?

그러고 보니…… 최근 새까맣게 잊고 있었는데, Ryue의 장비나 옷이 흰색과 파란색 메인이었지. 그 영향인가?

현재 내 생각은 이 세계가 『그란디아 시드』의 일부를 이어받은 이세계이며, 류에는 그때 Ryue의 영향을 받아 태어난 것이 아닐까, 라는 것이었다.

그래서 게임적 요소를 포함하고 있지만, 이곳은 다른 세계이며 류에도 이곳에 사는 하나의 인격체라고 생각하고 있었다.

어렵게 생각할 것 없이 있는 그대로 받아들이고 사는 편이 편하다고는 생각하지만…….

"카이 군! 불이 나왔지만 푸르지 않아!"

나는 멀리서 들리는 목소리에 피식 웃으면서 그녀를 쫓아갔다.

§ § §

그로부터 다시 시간이 좀 더 흘렀다. 어느새 눈도 녹았고, 내 마법도 얼음과 불꽃을 만족스럽게 다룰 수 있는 수준까지 성장했다.

흠, 두 가지 속성을 합쳐서 무언가 할 수 있는 일이 없을까? 아마 물이 되기밖에 더 하겠냐마는…….

여기서 멈추지 않고 나는 세 번째 속성에 도전 중이다.

"카이 군, 포기하는 게 어때? 네 외견이라면 분명 어울리긴 하겠지만."

"아니야, 어차피 이런 마왕 룩이니까 포기하고 싶지 않아."

"『어둠 속성』 같은 건 나도 연습 방법을 몰라. 문헌에 의하면 유동하는 고체라고는 하는데……."

뭔가 멋있잖아?

남자는 몇 살을 먹어도 중2병이 잠복해 있는 법이라고요.

나는 그게 마왕이라는 형태로 발병했을 뿐입죠.

"하지만 어둠이란 건 실제로 만질 수도 없고, 물질이 아니라 현상인데……."

불을 껐더니 모 가수에게 둘러싸였다[#5], 같은.

---

**#5 불을 껐더니 모 가수에게 둘러싸였다** 2ch에 등장했던 한 스레드 타이틀 「방의 불을 껐더니 마츠자키 시게루에게 둘러싸였다」. 마츠자키 시게루는 피부가 검은 것으로 유명한 일본의 가수다.

즉, 마력이 어둠에 물든다, 혹은 빛을 잃는다.

하지만 그것이 왜 고체가 되는 것인가?

차라리 물에 먹물이라도 타서 조작하면—.

“시험해 볼까?”

얼음 마법에 어둠의 이미지.

마법 도중에 흘러드는 빛을 잃은 마력.

그렇게 하자 평소보다 섬세하게 마력을 조작할 수 있다는 사실을 깨달았다.

“앗?! 카이 군, 성공했어!”

“어?”

집중하느라 나도 모르게 눈을 감고 있었지만, 눈을 뜨자 그곳에는 검은 덩어리가 굼실거리고 있었다.

그런데 이건 그냥 검은 물이 동결되면서 움직이는 상태로 보이는데…….

“설마 이게……. 그럼 어둠 마법이란 건…….”

“설마 정말로 어둠 마법을 쓸 줄이야…….”

어둠은 다른 속성에 섞어야 비로소 발현하는 마법이란 말인가?

그럼 혹시 그것도 가능한 거 아니야?

악간의 기대를 품으며 불 마법으로 전환했다.

“우오오오오! 검은 불꽃이다!”

“오오?! ……따뜻하지 않아.”

"어, 정말?"

……온도가 없는 불에 무슨 가치가 있을까?

하지만 얼음보다도 넓게 퍼뜨릴 수 있으니까 활용법에 따라서는 넓은 범위를 보이지 않게 가리는 것도 가능하지 않을까?

게다가 뜨겁지 않다면 진짜 어둠을 틈타서…… 산소도 빼앗을 수 있지 않을까?

"류에, 이거 의외로 극악한 마법일지도 몰라."

"우연인걸, 카이 군. 나도 막 그렇게 생각한 참이야. 이건 봉인하도록 하자."

이런 마법을 쓸 상황에 맞닥뜨리고 싶지는 않습니다.

# 2장 그저 너를 위하여

그녀와 지내는 나날은 정말로 즐거웠다.

한마디로 표현하면 그뿐이었지만, 정말로 그녀는 박식하여 다양한 일을 나에게 알려주었다.

그녀는 지금도 통용될지 어떨지 모른다고 했지만, 그래도 이 세계의 상식과 제도, 그리고 인근의 마물에 관한 지식, 마법의 지식까지도 아낌없이 전해주었다.

마치 **가르칠 것이 없는 것을 두려워하듯이.**

메뉴 화면의 달력 표시를 보자 오늘로 이곳에 온 지 딱 1년이 지났다.

사계절이 찾아오는 이 장소는 올해도 여지없이 추위를 몰고 왔다.

1년 내내 이 주변은 기온이 낮았지만, 이 시기는 한결 심했다.

잘 때도 얇은 옷이 아니라 두꺼운 로브 같은 잠옷을 입는 류에가 불안한 기색으로 일어났다.

그래서 나는 말을 꺼냈다.

"저기, 류에—."

"카이 군, 오늘은…… 그래, 이 주변의…… 맞아, 식물, 먹을 수 있는 것을……."

"아니, 그건 얼마 전에 알려줬잖아? 덕분에 배탈까지 났는데 잊었다고는 하지 마."

"……그, 그럼 얼음 마법 외에 다른 마법을……."

"네가 직접 말했잖아? 얼음 외의 마법은 거의 못 쓴다고. 그리고 마법만 본다면 내가 더 다양하게 쓸 수 있어."

마법은 요 1년간 가장 열심히 배웠다.

류에는 「나는 그다지 강한 마법은 쓸 수 없다」고 했지만, 그래도 그녀의 얼음 마법은 아름답고 섬세했다.

그 영역에는 아직 도달하지 못했으나, 종합적인 전투력은 내가 더 높을 것이다.

……그렇다. 사실 나는 처음부터 혼자서 이 숲을 빠져나갈 수 있었다.

탈검에 익숙해지는 것은 어려웠지만, 나날이 쌓아 올린 단련은 나를 배신하지 않았다.

본래 동체 시력이 좋았고, 이 육체 덕분인지 얼마 지나지 않아서 검을 능숙히 다룰 수 있게 되었다.

그 성능은 게임 시절과 다르지 않아 말도 안 되게 강했다. 그리고 내 레벨도 물론 이어져 있었다.

그래도 류에에게는 배울 것이 많았고, 무엇보다도 그녀와 지내는 날들이 즐거워 나는 시간을 질질 끌며 이곳에서 지내 왔다.

하지만 이제는 떠나야겠지.

이곳이 어떤 장소인지, 내가 왜 이곳에 있는지, 그것을 알기 위해서라도.

"……나는 이제, 혼자서 밖으로 갈 수 있어. 류에도 알고 있을 거야."

"아, 아니야. 이 부근에는, 너보다 강한 마물이 득실득실해. 그러니까 조금만 더 여기서—."

"류에…… 나와 함께 밖으로 나가자."

"……배웅해 달라는 뜻이야?"

"아니. 나와 함께 바깥 세계로 가지 않을래?"

그녀는 「이곳에서 오래 벗어나 있을 수 없다」고 했다.

무엇이 그녀를 옭아매고 있는 것인지, 어째서 밖으로 나가길 거부하는 것인지, 나는 그 까닭을 몰랐다.

그래도 지금 이렇게 이야기를 꺼내면 어쩌면 그녀의 진의를, 끌어안은 문제를 조금이라도 나에게 나눠주지는 않을까, 하는 어렴풋한 기대를 품었다.

하지만—.

"그럴 순 없어."

"……왜?"

순간, 그녀의 눈동자에서 빛이 사라지는 것처럼 보였다.

표정이 빠져나간 그녀는 마치 사람이 변한 것처럼 딱 잘라 말했다.

그렇게나 완강해져야 하는 이유가 그녀에게 있다는 뜻일까?

"그걸 알려줄 수는 없어. ……그래, 너에게 너무 감화됐던 모양이야. 네 실력이라면 분명히 괜찮을 거야. 1년 동안 즐거웠어."

"갑자기 왜 그래?"

"아니야, 됐어. 몇 년에 한 번이라도 좋으니까 가끔 얼굴을 비치러 와주면 그걸로 족해."

"……그래?"

나는 짐을 한 손에 들고 집 밖으로 나왔다.

아무래도 배웅은 해줄 생각인 듯했다.

다만, 그녀의 표정이 가면 같기도, 무언가가 결여된 것 같기도, 필사적으로 감정을 감추는 것 같기도 한, 그런 느낌을 받았다.

"이곳을 나가면 산 반대 방향으로 가도록 해. 노숙을 할 때는 마물이 오지 못하게 결계를 칠 것, 그리고 만에 하나라도 산 쪽으로는 가지 말 것."

"그러고 보니 그쪽에는 간 적이 없었지."

"사람도 살지 않고 쓸데없이 춥기만 한 곳이니까. 마물도 그만큼 강하지. 갈 이유가 없어."

그렇게 마지막 대화를 나누는 도중에도 나는 생각했다.

1년간 그녀가 보인 행동과 지금 이 상황을.

그리고 그녀의 본심을…….

"……좋은 말은, 못 듣겠지."

그녀와 헤어지고 얼마쯤 걸었을 때, 집이 보이지 않게 된 지점에서 나는 오랜만에 검의 어빌리티를 교체했다.

그날, 신을 쓰러뜨린 날부터 시간이 멈춘 것처럼 변하지 않은 어빌리티 구성을 『프리셋』에 등록하면서 생각했다.

그녀의 본심을 알 방법, 그 구성을—.

**【웨폰 어빌리티】**

[오감 강화]

[기척 감지]

[심안]

[이심전심]

[공명]

그저 알고 싶다는 생각에 게임 시절의 탐지, 감지 계열 어빌리티를 닥치는 대로 채워 넣었다.

어느 것이나 효과는 『대전 상대의 예비 동작을 알기 쉬워진다』나 『떨어진 곳에서도 대화가 가능하다』 등 별 볼 일 없는 것뿐이었다.

하지만 현실 세계와 무엇 하나 다를 바 없는 지금, 이 어빌리티는 즉각적인 효과를 발휘했다.

그랬는데—.

"……바보야. ……이유가 뭐야."

집 쪽으로 정신을 집중하자 들려 온 그 말에 무심코 그렇게 중얼거렸다.

그것은 1년이란 시간을 보내면서 한 번도 보인 적 없던 그녀의 약한 모습이었다.

『나를…… 두고 가지 말아줘……. 가지 마…… 카이 군.』

오열 섞인 그 말에 다시 집으로 달려가 그녀를 끌어안아 주고픈 충동에 휩싸였다.

하지만 그것은 근본적인 해결이 되지 않을뿐더러 내가 이런 일까지 할 수 있다고 자백하는 것이나 다름없었다.

나는 이 무서우리만큼 다채롭고 사기적인 힘을 가진 무기를 그녀에게 말하지 못하고 있었다.

하지만 만약 이 검의 힘으로 그녀를 해방시켜 줄 수 있다면—.

"……북쪽 산이라고 했지."

가지 말라고 들은 그 장소로 발길을 옮겼다.

조금이라도 일찍 도착하기 위해서 나는 또 어빌리티를 재

구성했다.

**【웨폰 어빌리티】**

[이동 속도 2배]

[민첩 +15%]

[도주 성공률 +50%]

[경직 감소]

[모든 능력 +5%]

[어빌리티 효과 2배]

언뜻 통일성 없는 구성으로 보이나, 모두 이동 속도에 관련된 어빌리티였다.

이 조합은 제법 편리해 보이니까 프리셋에 등록해 두기로 하자.

나는 놀라운 속도로 단풍나무숲 속을 달렸다.

서서히 산이 가까워지는 가운데, 생각나는 것은 1년 동안 쭉 보아 온 그녀에 관한 일뿐.

생각해 보면 그녀는 종종 훌쩍 모습을 감추는 일이 있었다.

그녀는 그 장소에서 그다지 벗어날 수 없다고 하면서 거의 매일 어딘가로 사라졌다.

나는 그게 무슨 일인지 신경이 쓰이면서도, 공연히 들춰낼 생각도 않고 그저 못 본 척해 왔다.

그래도 만약 더 일찍 『이것』을 찾았더라면—.

"너 때문이냐! 네가 있어서냐고?!"

빙산— 산이라고 생각했던 그것은 거대한 물체에 눈이 쌓여 덮인 것이었다.

생각해 보면 그녀는 많은 것을 알려주었지만, 이 산에 관해서는 언급하지 않았다.

그리고 끝내 오늘, 마지막 순간이 되어서야 마침내 화제가 되었다.

마치 이곳에 접근하지 않았으면 좋겠다는 양…….

"죽어라, 너. 네가 죽으면 류에는 자유로워지는 거지?!"

나는 그만 이성을 잃고 애먼 분풀이처럼 소리쳤다.

들리거나 말거나, 의미가 있거나 없거나 상관없이 감정대로 말을 토하고 뱉어 냈다.

그래, 그렇구나.

나도 류에와 헤어지고 싶지 않았다.

냉정한 척하면서도 어딘가 얼빠진 구석이 있고, 조금 아이 같은 구석이 있는 류에.

조금 게으르고 엉성하며 어떻게든 도와주고 싶어지는 류에.

추위를 많이 타서 내 손을 잡고는 불을 조르는 류에.

단 음식을 좋아해서 자꾸만 새 디저트를 만들어 달라며 졸졸 따라다니는 류에.

이것은 친애의 감정인가, 연애 감정인가, 혹은 딸을 생각하는 아버지의 마음인가.

나와 그녀의 관계성 때문에 그 경계가 아직 모호했지만, 어느 쪽이 됐건 나는 그녀를 좋아했다.

그렇기에 나는 검을 움켜잡았다.

그것은 산과 같은 크기였다.

너무나도 큰 스케일에 마음이 꺾일 것 같았다.

그것이 내포한 힘을 상상하고 지레 겁을 집어먹었다.

하지만 그럼에도 나는 정신을 전투태세로 전환했다.

그것은 용이었다.

게임 마지막 날 도전한 『네크로 더스터 드래곤』 따위와는 비교도 되지 않는, 실재로서 눈앞에 우뚝 솟은 모습에 온몸이 움츠러들었다.

푸르게 속이 비치는 빙산에 갇혀 있음에도 불구하고 그 어마어마한 압박감에 식은땀이 멈출 줄 몰랐다.

그래도 떨리는 마음을 억지로 추스르고 검의 어빌리티를 바꿔 나갔다.

**【웨폰 어빌리티】**

[멸룡검]

[찬탈자의 증거(투)]

[찬탈자의 증거(용)]

[찬탈자의 증거(검)]

[대미지 +30%]
[빙제의 가호]
[도전자]
[어빌리티 효과 2배]

빙산에서 느껴지는 마력은 내가 잘 아는 류에의 마력이었다.
이 용을 봉인하고 있기 때문에 그녀는 이곳을 벗어날 수 없었던 것이리라.
그래서 나는 이놈을 죽이기 위한 어빌리티를 구성해 새로운 프리셋에 등록했다.
빙산에 갇혀 있는 것으로 볼 때, 이 용도 여느 용과 다름없이 얼음에 약할 것이다.
우선 얼음 속성 어빌리티 [빙제의 가호], 같은 이유로 용족에 특화된 어빌리티인 [멸룡검]을 세팅했다.
[도전자]는 자신보다 강한 상대에게 도전할 경우 스테이터스에 보정이 걸리는 어빌리티다.
게임 시절에는 최대 레벨인 200이었기 때문에 사용할 기회가 거의 없었지만, 이곳은 더 이상 게임이 아니었다.
생물로서 어떻게 발버둥 친들 인간보다 아득히 높은 곳에 선 용에게 덤빈다면 이 어빌리티는 분명히 효과를 발휘해주리라.
"이제 남은 건, 첫 일격으로 얼마나 피해를 주는가—."

조금이라도 큰 대미지를 주기 위해 빙산을 올라서 놈의 머리에 접근했다.

고도 900미터는 확실히 되는 곳에 올라서 새삼스럽게 지금부터 도전할 적이 터무니없는 괴물임을 재확인했다.

그리고 겨우 용의 머리가 바로 아래에 보이는 곳까지 와서 나는 검술을 발동했다.

게임과 달리 무술의 기술을 사용하는 마음으로 자세를 잡자 자연스럽게 힘이 솟아났다.

내가 보유한 기술 중에서 가장 위력이 높은 기술을 발동했다.

『탈검』은 고유 카테고리에 속해 있으나, 크기는 『장검』과 거의 똑같았다.

따라서 무기의 종류에 따라 마련된 기술은 장검과 같은 것이 많았다.

개중에는 한 손 검이나 대검의 기술도 포함되어 있어서 유연성이 높았다.

하지만 이번에 한해서는 유연성이 아니라 오로지 파괴력을 추구했다.

선택한 기술은 『천단(天斷)(극(極))』.

장검 기술 중에서는 최상위에 해당하는 오의다.

습득하려면 방대한 시간이 필요하나, 그 효과는 절대적이다.

게임 시절 솔로 플레이로 이 일격을 명중시키기는 어려웠지만, 일단 맞추기만 하면 단번에 전황을 바꿀 수 있는 그야말로 필살기였다.

"이 한 방에 죽어주면 쉽게 해결될 텐데……."

머리 위로 검을 치켜들고 기력을 흘려보냈다.

MP를 소비하는 감각…… 어떤 정신적 부담이 걸리는 감각에 시달리면서도 계속 정신을 집중했다.

그리고—.

"죽어라아아아아아아아아아아아!!"

일격은 빙산을 어렵지 않게 갈라 버렸고, 점점 강대해진 빛의 검은 용의 머리를 파고 들어갔다.

그리고 다음 순간—.

"망했다, 역시 무리가 있었나?!"

극심한 흔들림과 함께 빙산의 주변 일대에 균열이 생겼다.

동시에 공격받은 용이 머리를 흔들어 젖혀 빙산이 무너지기 시작했다.

곧바로 이탈하려고 했으나 지면까지는 상당히 거리가 있었다.

"어빌리티 변경!"

이 세계에서는 다행히 전투 필드든 전투 중이든 상관없이 조금의 여유가 있으면 어빌리티 교체가 가능했다.

이곳으로 오는 도중 등록한 이동 속도 중시 프리셋으로 변경하여 급경사를 단숨에 달려 내려갔다.

발아래의 빙산에는 이미 무수히 금이 갔고, 지금도 내가 뛰는 영향으로 얼음이 깨져 날리고 있었다.

그래도 가까스로 땅까지 내려올 수 있었다.

"내가 해 놓고 이런 말하기도 뭣하지만, 이거 야단났는데?"

그대로 거리를 벌리고 돌아본 곳에 있던 것은 서양풍 드래곤과 인간을 합쳐서 반으로 나눈 듯한 모습의 거대한 용이었다.

오히려 용인(龍人)이라고 하는 편이 좋을 법한 그런 외견이었다.

자신의 몸에 무슨 일이 일어났는지 아직 완전히 이해하지 못했는지, 움직이는 것도 귀찮다는 분위기를 내고 있었다.

그렇다면 그 틈을 노리자는 생각으로 다시 어빌리티를 바꿔서 공격 모션을 취했다.

그리고 타이밍을 기다렸다.

"뛰어 내려올 때까지 1분 정도 걸렸지……. 그럼 슬슬 됐으려나?"

방금 사용한 천단(극)— 내려찍는 공격인데 왜 『하늘을 가른다』는 정반대의 이름이 붙었는가?

그 해답은—.

"이 세계에서도 이 콤보가 통하면 좋겠는데!"

이번에는 검을 옆으로 들고 몸을 비튼 채 힘을 모았다. 그리고 검을 크게 가로로 휘둘렀다.

『추월(追月)』이라는 기술은 본디 개인이 사용하는 기술이 아니다. 『다른 공격과 동시에 명중하면 해당 공격과 함께 위력이 배가 된다』는 팀전을 전제로 한 특성을 가진 기술이다.

하지만 이것을 혼자서 사용할 수 있는 방법이 단 하나 존재했다.

천단(극)은 장검의 궁극 오의라고 해도 과언이 아닌 기술이다. 그리고 추월은 장검이 아닌 한 손 검 기술—.

또한 그란디아 시드의 시스템상 유저는 한 번 세팅한 무기를 전투 필드에서 교환할 수 없었다.

하지만 이미 설명했다시피 『탈검』은 장검과 대검, 그리고 한 손 검의 기술 일부를 사용할 수 있었다.

그렇기에 가능해지는 필살 콤보.

내가 날린 추월— 초승달 형태를 한 거대한 파동은 거대한 용인을 노리고 날아들었다.

그때 놈의 발치에서 『하늘을 향해』 똑바로 참격이 발생했다.

그 타이밍은 말 그대로 동시— 서로의 위력을 몇 배로 늘리고 검 어빌리티 효과까지 합쳐진 막대한 대미지를 상대에게 부여한다.

"이 타이밍, 역시 몸이 기억하고 있구나."

천단(극)은 첫 공격이 땅에 부딪치고 2분 뒤 하늘을 향해 참격이 반사되는 『시간차 공격』이었다.

그리고 땅에 도달할 때까지 걸리는 시간은 당연히 자신의 위치에 의해 변한다.

나는 그것을 경험과 어림짐작, 그리고 평소에는 전혀 도움이 안 되는 감에 맡겨 감행했다.

역시 나야. 실전에 무지 강하다니까.

그렇게 자화자찬했을 때, 느닷없이 몸에 무언가가 흘러들었다.

머리가 무거워지고 견딜 수 있는 수준을 벗어난 두통이 엄습했다.

바로 무릎이 꺾이고 몸이 바닥으로 쓰러졌다.

이거 뭐야?

저놈의 공격인가? 그따위로 생겼으면서 무슨 정신 공격이야!

젠장, 이거 진짜 뭐야?!

너무나도 심한 고통에 나잇값도 못하고 눈물을 흘리며 의식이 흐릿해져 갔다.

다만, 그런 가운데 나는 어렴풋이 어떤『목소리』를 들었다―.

『LvUP!』

『LvUP!』

『LvUP!』

『LvUP!』

『LvUP!』

『LvUP!』

『LvUP!』

『LvUP!』

『LvUP!』

『LvUP!』

『LvUP!』

『LvUP!』

『LvUP!』

.

.

.

.

.

.

레벨 업 반동이냐!!!

"어떻게 된 거야……. 아, 몸이 무거워."

아직도 머리가 지끈지끈해 인상을 찌푸리면서도 빙산 잔해를 올려다봤다.

푸르게 펼쳐진 하늘을 보자 방금까지 벌인 사투(?)가 다 꿈이 아니었나, 하는 생각이 덜컥 들었지만, 열린 스테이터스 화면을 확인하자 그것이 실제로 있었던 일임을 인식했다.

**【레벨】 399**

그곳에 표시된, 가장 처음 눈이 가는 항목.

제가 해 온 게임의 최대 레벨은 200인데 말입니다.

199나 올라갔는데요?

아니, 이미 이곳은 게임도 꿈도 아니니까 그런 상한선이 사라진 점은 이해할 수 있지만…….

그나저나 어빌리티 [찬탈자의 증거(용)]의 효과로 경험치를 열 배로 받은 것은 알겠지만, 아무리 그래도 이건 좀…… 그렇지 않나?

"그보다 그 녀석, 그 콤보로 죽은 거야?"

내 딴에는 한 여자를 바깥세계로 데리고 나온답시고 결사의 각오로 덤볐는데 막상 뚜껑을 열어 보니 눈 깜짝할 사이의 참살극이었다.

이거 그냥 김빠진다는 수준이 아니잖아.

하지만 그만큼 이 검이 강해졌단 뜻이라고 생각하면 감개무량하기도 했다.

너(탈검)도 많이 컸구나…….

**『웨폰 어빌리티 취득』**

**[천공의 패자]**

**[용신의 가호]**

**[생명력 극한 강화]**

이것 봐라?

너 아직도 더 강해지려고?

새 어빌리티까지 얻자 그 용을 완벽하게 쓰러뜨렸다는 확신이 생겼다.

하지만 문제는「이것이 정말로 류에를 옭아매고 있던 원인인가?」라는 것이었다.

아마 류에가 한달음에 달려와도 이상하지 않을 소동이었을 텐데, 과연 어떻게 될까?

“우선 상태를 보러 가느냐 마느냐가 문제인데…….”

아니다, 여기서 기다릴까?

그동안 어빌리티의 효과를 확인해 두자.

**[천공의 패자]**

하늘에 속한 모든 자에게 주는 대미지가 5배 증가, 피해는 5분의 1로 감소한다.

단, 경험치를 얻을 수 없다.

이것은 드래곤에 한하지 않고 효과를 발휘한다고 봐도 될까?

경험치를 얻을 수 없다고는 하지만, 1년 동안 레벨 200인 상태로 지내면서 고전한 기억이 없었다.

그것도 탈검을 거의 쓰지 않고 마술만 쓰면서 말이다.

다시 말해 이건 단점이 되지 못했다.

**[용신의 가호]**

정신에 기인하는 모든 상태 이상을 완전히 무효로 만든다.

또한, 각종 공격에 대한 내성이 생긴다.

이건 두말할 나위 없이 강력하다. 1군 확정이다.

역시 아무리 강해져도 상태 이상 공격은 무서우니까.

게임에서 강하게 키운 캐릭터들이 혼란 상태에 걸려 더블 KO됐을 때의 참극— 그건 일종의 트라우마였다.

그리고 두루뭉술한 표현이지만 『각종 공격에 대한 내성』— 이 한 문장이 없더라도 충분히 매력적이었다. 정말로 훌륭했다.

**[생명력 극한 강화]**

최대 HP가 배가 되고 자동 회복 효과를 얻는다.

회복량: 초당 최대 HP 3%

……허허.

무시무시하네. 이건 심했다.

이거 [흡생검]을 묻어 버리려고 작정했구만.

초당 3퍼센트 회복이 말이 돼?

게임에서 자연 회복이 존재하는 것은 MP뿐이었고, HP 자연 회복은 보조 마법의 효과로만 존재했다.

그것도 초당이 아니라 5초당 2퍼센트에 총 회복량에도 제한이 있었고.

하지만 이 어빌리티에는 그런 설명이 없었다. 아마도 정말로 제한 없이 회복하는 것이지 싶었다.

덧붙이자면 내 최대 HP는 레벨도 올라서 『9,022』였다.

게임 시절 가장 HP가 높은 직업인 『견뢰(堅牢) 기사』가 HP 우선으로 구성한 최대치가 『8,000』 전후였다는 것을 생각하면 파격적인 수치였다.

게다가 그것이 어빌리티 효과로 두 배, 즉, 『18,044』가 되었다.

이 수치의 3퍼센트가 매초 회복…… 장난 아니다.

적어도 초당 회복 수치만으로 게임 시절 끝판왕인 신의 공격 대미지를 한순간에 회복해 버린다.

하지만 이렇게 방대한 힘을 손에 넣는다고 해도 무슨 야망이 있지도 않거니와 거창한 목표도 없었다.

이것이 만약 게임이고 경쟁할 다른 플레이어라도 있었다면 이 힘에 도취했을지도 모르겠다.

……아마 빠져도 처음 한 시간 정도뿐이겠지만.

그런 고찰을 하는 사이, 이쪽으로 달려오는 소리가 들렸다.

"이건…… 카이 군, 이게 대체 무슨 일이야! 왜 봉인이, 그건 어디 갔지?!"

뒤쪽에서 목소리가 들렸다. 손에 넣은 힘에 관한 생각은 일단 머릿속에서 몰아내고 기분을 바꾸어 돌아봤다.

그곳에는 당장이라도 울음을 터뜨릴 것처럼 위태로운 분위기를 띤 그녀가 있었다.

"내, 내가…… 지금까지 무엇 때문에 여기에 있었는데…… 세계가 또, 아아……, 어떡하면 좋아……."

……어라?

이거 딱 보니 착각하고 있구나.

"카이 군…… 왜 이런 짓을…… 네가 그랬어? 네가 봉인을 푼 거야……?"

류에는 생기를 잃은 표정으로 귀신처럼 비척비척 다가왔다.

이 모습은 조금 예사롭지 않았다.

슬슬 확실하게 밝혀야겠다.

"류에, 진정하고 들어 봐."

"……뭐야? 나는 이제, 어쩌면 좋을지…… 모르겠어……."

"그게 류에가 이곳에서 벗어날 수 없는 이유였어?"

"그래. 아아…… 그래서 그 녀석을 풀어줬어……? 아하하, 그러면 안 되는 거였어. 아하하……."

"아니, 풀어주지는 않았는데."

하늘을 올려다보며 메마른 웃음을 흘리는 모습에서 모종의 광기를 느꼈다.

그토록 무시무시한 상대였던 것일까?

아니, 그 모습, 그리고 압박감은 단순한 마물이 내는 것이 아니었다.

……이, 이미 엎질러진 물이지만, 그거 쓰러뜨려도 괜찮은 거 맞지?!

혹시 반대로 계속 지켜 온 존재였다거나 그런 거 아니지?!

"나는 지금까지 거의 모든 마력을 그 봉인에 쓰고 있었어. 그렇게라도 하지 않으면, 내가 아니면 그걸 억제할 수 없으니까……."

"그, 그랬어? 하지만 이제—."

"……나는 어쩌면 좋지? 몇 년이나, 몇십 년이나, 몇백 년이나! 무엇을 위해서 나는…… 세계가 또 보이지 않는 신의 손에 떨어진단 말인가?!"

보이지 않는 신?

지금 류에는 어떻게 봐도 제정신으로는 보이지 않았다. 이 상황에서 내가 방금 용을 쓰러뜨렸다고 해도 그녀가 들어줄지 의심스러웠다.

뭔가, 그녀의 관심을 끌 만한 것은 없을까?

……만약 그녀가 Ryue라면, 만약 이곳이 내가 아는 게임과 밀접하게 관련되어 있다면, 어쩌면—.

"류에. Daria, Syun, 이 두 사람의 이름을 들어본 적 없어?"

나는 순간적으로 나와 가장 오래 함께한 두 사람의 이름을 류에에게 거론했다.

그 둘은 내가 Ryue를 조작해서 육성하는 동안 항상 함께 싸우며 도움을 줬다.

만약, 만약에 류에에게 내가 플레이어로 그녀를 조종하던 기억이 어떠한 형태로든 남아 있다면…….

"갑자기 무슨 소리를…… 다리아? 슌?"

"금발 엘프와 키 작은 휴먼 검사! 괴상한 방식으로만 싸우는 마도사와 수다만 떠는 검사야!"

"……알아. 그걸 왜 묻는 거야? 아니, 카이 군이 그 이름을 어떻게 알아?"

"역시나…… 그럼 나와 같은 이름으로 짊이는 건?!"

이것이 걱정이었다.

시스템상 Kaivon과 Ryue는 동시에 존재할 수 없었다.

한 캐릭터를 쓰면 남은 캐릭터는 서버의 어딘가에서 잠들어 있는 상태였다.

하지만 만약 어떤 식으로든 알고 있다면—.

“알아. 『해방자 카이본』. 내 친구들이 그와 아는 사이였다고 했지……. 그래, 맞아. 나는 창세기부터 지금까지 살아왔어.”

“창세기가 뭔지, 해방자가 뭔지 나는 몰라. 그래도 내 이름은 예나 지금이나 카이본이야!”

“……무슨 소리야? 그는 휴먼이 아니라고 전승에서—.”

순간 류에는 무언가를 깨닫고 지금 내 모습을 바라봤다.

어떻게 된 영문인지 내가 가장 힘을 끌어낼 수 있는 때는 이 모습을 하고 있을 때였다.

칠흑의 날개, 황금뿔, 피와 어둠을 연상시키는 눈동자, 그리고 얼굴의 절반을 덮는 흰 마스크.

“나는 아무것도 몰라. 하지만 이곳에 있던 용은 내가 해치웠어.”

“……그럴 리가—.”

“그저 그 녀석이 없어지면 너와, 류에와 여행을 떠날 수 있을 거라고 생각했어.”

“놈은, 용신은 인간이 어떻게 할 수 있는 상대가 아니야! 그건 창세기부터 살아온 내가 가장 잘—.”

“날 얕보지 마! 나는 세계가 끝나는 날 신을, 칠성을 해치운 카이본이야! 그딴 도마뱀 한 마리는 내 적수가 아니라고!”

류에 앞에서 검을 출현시켜 그저 스스로를 치켜세우는 말을 늘어놓으며 나 자신을 고무했다.

내 패기에 밀렸는지, 류에는 입을 꾹 다물고 마치 기대는 듯한 눈빛으로 나에게 물었다.

“……정말로, 쓰러뜨렸어?”

“증거가 필요해?”

이 세계의 마물은 목숨을 잃으면 몸이 소멸해 버린다.

남는 것은 고기나 뼈, 일부 유용한 부위도 존재했지만, 메뉴 화면을 열 수 있는 인간이 마물을 쓰러뜨렸을 경우 그것은 자동으로 아이템 박스에 보관되었다.

이 힘을 가진 것만으로 질투를 사거나 박해를 받으며, 개중에는 이 힘을 이용하려는 인간도 있었다고 한다.

그런 그녀의 설명을 떠올리면서 조금 전의 시스템 로그를 다시 보고 입수한 아이템을 확인했다.

**【아이템】**
**『용신의 수정뿔』**
**『용신의 수정이빨』**
**『용신의 역린』**
**『신도(神刀) 〈용선(龍仙)〉』**

뭔가 엄청 레어 아이템 같은 것을 얻었다.

게다가 게임 시절이라면 무조건 희귀도 MAX가 될 듯한 무기가 하나 있었다.

으음, 이거를 꺼내도 증거가 될 것 같지는 않으니까 한눈에 알 수 있는 뿔로 할까?

"봐, 이거면 어때?"

실물 크기로 나타난 거대한 뿔은 마치 수정처럼 투명했고 희미하게 푸른빛을 띠었다.

대단한 재료겠지만, 개인적으로는 인테리어로 장식하고 싶은 물건이었다.

"……! 그, 그럼 정말이야? 나는 이제, 여기서 나갈 수 있는 거야?!"

쓰러지다시피 무릎을 꿇은 류에는 울음을 터뜨렸다. 나는 그런 류에를 달래면서 우선 집으로 돌아가기로 했다.

§ § §

"추태를 보여서 미안해. 그럼 정말로 네가 그 카이본이라는 말이지?"

조금 진정된 류에가 가장 처음 꺼낸 말은 그런 의문이었다.

"어떤 카이본인지는 모르겠지만……. 솔직히 나는 아무것도 몰라. 마지막 날 칠성을 쓰러뜨리고 세계가 끝나는 걸 지켜봤을 뿐이야."

아무래도 이 세계에서는 내 행동, 즉, 게임 마지막날의 행동이 신격화되어 전해져 내려오는 모양이었다.

그 내용은 이러했다.

【이 세계의 지배자인 신들은 어느 날 세계를 버리기로 했다.

신들은 모든 것을 무(無)로 되돌리고자 사도(使徒)인 칠성 중 여섯을 이 땅에 내려 보냈다.

하지만 한 검사가 세계를 신의 손에서 빼앗을 수 없을까 고뇌하며 동료들과 일어섰다.

이윽고 그들은 칠성 중 여섯을 타도했고, 『검사 카이본』은 마지막 칠성이자 신 그 자체인 화신과 사투를 벌였다.

싸움 끝에 승리를 거둔 카이본에게 신은 굴복하고 세계를 양도했다.

세계는 신의 손에서 벗어나 인간에게 주어졌다. 하지만 신은 마지막 순간 배신했다.

세계에 새로운 칠성을 보내어 언젠가 자신들이 다시 간섭할 수 있도록 은밀히 쐐기를 박았다.

그리고 마지막으로 그 검사를 차원의 틈새로 데리고 가 버렸다.】

내가 차원의 틈새로……?

이것은 아득히 먼 옛날의 전승이라고 했다. 게임이 종료된

후 내가 이 세계에 나타날 때까지, 현세 인간의 입장에서는 방대한 시간이 지난 것이리라.

하지만 내 입장에서는 서비스가 종료됨과 동시에 정신이 들고 보니 이곳에 있었을 뿐이었다. 그런 틈새로 끌려간 기억은 없었다.

그나저나 이 전승, 많이도 각색됐는데…….

뭐, 신화란 게 다 그런 법이라고는 생각하지만, 어쩐지 복잡한 심경이었다.

그보다 그 게임, 실은 이세계와 링크되어 있었다는 이야기인가?

다만 그렇게 생각하면 류에는 역시 내가 만든 류에라는 뜻이었다.

그런 그녀가 지금까지 어떻게 지내 왔는지 알고 싶었다.

나는 아무래도 한순간에 터무니없는 미래에 온 듯했지만, 그녀는 나보다 훨씬 오래전부터 이곳에 살고 있었던 모양이니까.

"나는 정신을 차렸을 때 이미 이 숲에 있었어. 처음에는 나와 같은 처지의 인간을 찾아 헤맸지만, 나처럼 『신예기(神隷期)』의 기억을 가진 이를 찾을 수는 없었지. 그래서 원래 아무런 연고도 없던 나는 포기하고 같은 종족인 엘프 마을에서 지내기로 했어. 그런데—."

그녀는 늙지 않았다.

장수하는 엘프라 할지라도 이질적인 그녀를 받아들이기란 어려웠다.

하지만 그들은 류에에게 어떤 역할을 부여하는 대신 마을에 남는 것을 허락했다.

“나는 보통사람과는 비교할 수 없을 만큼 마력 회복이 빨라. 그래서 그 무한한 마력으로 이 땅에 잠든 용신을 쭉 봉인하기로 했지.”

류에는 계약에 얽매여 이 땅에 머무르게 되었다.

하지만 그들은 그 약속을 어겼다.

아니, 어기지는 않았을지도 모르겠다.

류에는 단지 『나를 이 장소에 있게 해 달라』고 빌었을 뿐이었다.

그래서 그들은 『류에를 이 땅에 묶어 놓았다』. 그리고 자신들은 새로운 안식의 땅을 찾아서—.

거기까지 들은 나는 치밀어 오르는 감정을 억누를 수 없었다.

류에는 내 은인임과 동시에…… 이를테면 『딸』이었다.

내가 낳고, 기르고, 소중히 해 온 류에.

그녀가 의지를 가지고 이 세계에 살아 있었다.

그것이 얼마나 기쁜 일이던가, 얼마나 마음을 지탱해줬던가.

그런 그녀를 엘프들은…….

“내가 어리숙했지. 『있게 해 달라』는 건 그들과 함께 살고 싶다는 뜻이었는데 말이야."

"나 지금부터 엘프들 멸종시키러 가도 될까?"

"그, 그러지 마! 딱히 모든 엘프가 그랬던 건 아니었어. 당시 우두머리나 일부 족장의 결정이었지. 마지막까지 나를 염려하며 남아준 이들도 있었어."

그 말을 듣고 안심했다.

그도 그럴 게 나는 엘프를 좋아하니까. 그 결과가 류에니까.

지금 그 변호가 없었다면 내 성적 취향이 한 가지 바뀔 참이었다.

"하지만 그것도 오늘까지야. 한 번 더 말할게. 류에, 나와 함께 세계를 돌아보지 않을래?"

이미 그녀를 얽매는 것은 아무것도 없을 터였다.

그렇다면 이제부터는 나와 함께—.

"물론이지. 이제는 나를 혼자 두지 말아줘."

그녀는 무심결에 숨이 멎을 것 같은 웃음을 지으며 그렇게 대답했다.

"그러고 보니 류에, 창세기와 신예기가 뭐야?"

"아, 카이 군이 사라진 후 생긴 말이야. 의미는—."

류에의 설명에 따르면 신예기란 『보이지 않는 신』이라고 불리던, 실체가 없지만 막강한 힘을 지닌 존재에 의해 세계의 규칙이 정해져 있던 시대를 말했다.

그건 운영진이 관리하던 게임 시절을 말하는 게 아닐까?

아무튼 류에는 게임 시절의 기억을 지닌 인간을 찾지 못했다는 것 같았다.

그리고 창세기란 류에가 용신의 봉인을 맡기 전 시대를 말했다.

신예기와 창세기 사이에는 공백의 시대가 있다는 것 같지만, 그 점은 그녀도 모른다고 했다.

어쨌거나 그 창세기 때에는 신들이 남긴 새로운 『칠성』이 활동의 전조를 보이기 시작해, 그것을 봉인하기 위한 다양한 마법 기술, 제도, 그리고 국가와 조직이 태어난 격동의 시대였다.

그리고 그 끝에 류에는 칠성 중 하나인—『용신』의 봉인을 맡게 되었다.

……그렇다는 말은 그런 괴물이 여섯 마리나 더 있단 말이군. 뭐, 쓰러뜨린 나도 어지간하다만.

좌우지간 여행을 떠나는 것은 이미 확정되었기에 류에도 채비를 시작했다.

“내 여행 준비 말인데, 솔직히 이거 하나면 충분해.”

“어쩐지 투박한 배낭인데? 여행 용품이라도 들었어?”

“후후, 한번 열어 봐.”

곧바로 여행 준비를 시작한 류에가 들고 나온 것은 조금 큰 배낭이었다.

어쩐지 등산용 배낭처럼도 보였지만, 큰 지퍼와 손잡이가 달려 있었다.

류에의 말처럼 지퍼를 열자—.

“뭐야? 아무것도 안 보이는데?”

어둠이 펼쳐져 있었다.

“그건 이 집 창고와 이어져 있어. 그래서 이것만 있으면 무엇이든 꺼낼 수 있는 셈이지.”

“세상에 이렇게 편리한 물건이…… 그럼 짐도 뭐든 넣을 수 있겠네?”

“아니, 안타깝지만 이건 일방통행이야. 그러니까 너무 부피가 큰 물건을 꺼내면 처분이 어려워지겠지."

"아하, 하지만 이걸로 팔 수 있는 물건을 꺼내 환금해서 여행 자금으로도 쓸 수 있겠어."

창고 안에는 마도구의 시제품부터 무구(武具), 개중에는 금은보화……는 아니지만 가치가 있어 보이는 물품이 상당수 보관되어 있었다.

대체 그것들은 누구에게 받은 것일까?

예물이라고 했는데 설마 그건가? 카구야 공주[#6] 같은?

아빠는 허락 못 한다.

"왜 그렇게 이상한 얼굴을 하고 있어? 뭐, 그건 최종 수단으로 써야겠지. 엉뚱한 생각 말고 『길드』의 일을 받아서 노잣돈을 벌까 해."

"아, 길드. 모험가 같은 수식어는 안 붙어?"

"여행자가 많이 소속해 있으니까 그것도 틀린 말은 아니겠지. 다만 내가 바깥에서 활동했던 건 상당히 옛날이니까 말이야, 그다지 도움이 안 될지도 몰라."

새삼스럽지만 류에게 전반적인 상식을 배운 것까지는 좋았으나, 이미 바깥에서는 통용되지 않을 가능성이 있었다.

설마 그렇게 오랫동안 골방 생활을 했을 줄은 몰랐다.

당시에도 그런 생각을 하긴 했지만, 매일 즐겁게 가르치는

**#6 카구야 공주** 일본 고전에 등장하는 인물. 카구야 공주는 자신에게 청혼하는 귀족 남성들에게 세상에 존재하지 않는 예물을 요구한다.

그녀를 보면 좀처럼 입이 떨어지지 않았다.

다만, 류에의 말에 의하면 길드란 당일치기 의뢰나 단기 의뢰를 알선하는 장소며, 판타지 세계의 소설이나 게임에서 말하는『모험가 길드』와 같은 역할을 하는 것 같았다.

류에도 바깥에서 생활하던 시기에는 마물 토벌이나 호위 등을 맡았다고 했다.

"그래서 가장 가까운 마을에서 길드에 등록하겠다, 이거지?"

"그래, 그럴 생각이야. 다만, 그……."

"왜 그래?"

"숲을 빠져나가면 바로 호수가 있고 그 반대편이 관광지야. 그곳에서 가도로 나가면 마을로 갈 수 있다고 기억하는데 말이지……."

"무슨 문제라도?"

"……물이 느껴지지 않아."

"응?"

류에는 얼음 마법을 사용하기 때문에 물과 얼음을 감지하는 능력이 있었다.

게다가 용신을 봉인할 필요가 없어진 지금 그녀의 능력은 지금까지와는 비교도 안 될 것이라고 했다.

그런 류에가 물이 느껴지지 않는다고 한다면…….

"방향이 틀리지는…… 않았지?"

"그래. ……아마 호수도 사라진 거겠지. ……난감한걸. 마을에 도착할 수 없을지도 모르겠어."

정확한 햇수는 듣지 못했고, 그녀도 기억하지 못할지도 모르지만, 강산이 변할 만큼 세월이 지난 모양이었다.

그렇다면 최악의 경우 이 부근의 마을조차 사라졌을 가능성도 있는 건……?

§ § §

"오히려 발전했다니, 예상 밖입니DA[#7]."

"발음이 왜 그래? 그나저나 이거 대단한데?"

그 후 집을 나선 우리는 평범한 사람은 엄두도 내지 못할 속도로 행군했고, 덕분에 나흘 만에 숲을 빠져나올 수 있었다.

길을 가면서 류에에게 이 대륙에 관한 이야기를 대략적으로 들었는데, 현재 이곳은 게임 시절의 대륙은 아닌 것 같았다.

류에가 있던 숲은 대륙 중앙에서 조금 북쪽으로 펼쳐진 대삼림이며, 그곳을 빠져나가면 험준한 산맥이 이어진다, 반대로 숲에서 남하하면 사람들의 생활권으로 들어간다고 했다.

류에는 옛날에 그 방향에서 사람이 온 적이 몇 번 있다고 했다.

---

**#7 예상 밖입니DA** 보다폰의 AQOUS 휴대폰 CM에 나온 대사 패러디. 외국인 특유의 일본어 발음으로 유명하다.

그나저나 호수가 펼쳐져 있어야 할 곳에 도착했는데, 그곳에는 이미 물이 존재하지 않았다.

하지만 말라 버린 호수와는 반대로 저 멀리 웅덩이 맞은편에는 이곳에서도 보일 정도로 준엄한 성벽이 서 있었다.

도시로 가기 위해 원래는 호수였을 웅덩이를 그대로 가로질러 갈까 생각했지만, 잘 보니 그곳만 지면이 어렴풋이 희었다.

혹시나 해서 조사해 봤더니 아무래도 이곳은 소금 호수 같았다.

조사 방법은 지극히 간단했다. 할짝, 이건 소금이야!

그렇다면 이것을 산업으로 삼고 있을 가능성도 있었다. 함부로 침입하면 좋지 않겠다고 생각하여 호수를 빙글 돌아 우회해서 가길 두 시간, 먼발치에서도 상당히 크게 느껴지는 도시의 정문이 눈에 들어왔다.

"어떻게 할까? 류에는 다른 사람이 봐도 괜찮은 거야?"

"글쎄? 현재 엘프의 입지가 어떤지 모르니까 일단 이거라도 뒤집어쓸까?"

그렇게 말하며 꺼낸 것은…… 내 옷이잖아!

류에는 그것으로 흡사 밤손님처럼 머리와 귀를 가리도록 덮고 코 밑으로 묶었다[#8].

**#8 머리와 귀를 가리도록 덮고 코 밑으로 묶었다** 일본에서 생각하는 전형적인 도둑의 모습.

써도 꼭 그런 식으로 써야겠냐…….

이 류에라는 위인께서는 도무지 멋을 부리거나 겉모습에 신경 쓰는 법이 없으시다.

요리도 남자답기 짝이 없었고…… 이 사람, 태어날 성별을 잘못 고른 거 아니야?

"실례되는 생각 하지 않았어? 이건 그냥 카이 군의 온기를 느낄 수 있어서 조금 마음에 들었을 뿐이야."

"왜 은근슬쩍 그런 말을 하시나 모르겠네."

기습은 좋지 않다.

그렇게 이런저런 말을 주고받는 사이 도착한 도시 입구에는 많은 사람들이 행렬을 이루고 있었다. 보아하니 수속을 밟는 듯했다.

"통행증이나 신분 증명서를 제시해주십시오."

"네, 여기."

류에가 밑져야 본전이라는 식으로 앞사람을 따라서 옛날 길드 카드를 제시해 봤다.

도리어 무슨 소동이 일어날 것 같았지만, 그래도 어떻게든 되겠지.

최악의 경우 돈이 될 만한 것이라도 쥐어주면…….

"오, 북쪽 지방 카드인가요? 보기 드문 물건이네요."

"음, 그런가? 그런데 동행은 아직 신분증이 없는데 어떻게 하면 되지?"

"저어…… 그런데 그 복장은 내체……?"

그렇게 물을 줄 알았다. 이 사람은 왜 셔츠를 머리에 뒤집어쓰고 있는 거지? 라고.

"멋지지? 북쪽의 유행이야."

북쪽 사람들에게 사과하시죠.

뭐라고 대답해야 할지 망설이던 문지기가 정신을 차리고 나를 돌아봤다.

나는 복장도 이상하지 않으니까 문제없겠지……?

"그쪽 분은…… 고위 귀족이십니까? 별일이군요. 그럼 길드 카드 말고 다른 신분증은……."

"미안하지만 그런 물건은 모두 분실했습니다. 통행료로 지불할 수는 없을까요?"

"아, 문제없습니다. 그럼 1,000룩스입니다."

"알겠습니다. 류에, 부탁할게."

외견상 일반인이라고 하기에는 무리가 있다며 류에와 사전에 내 행동 양식을 정해 놓았다.

나는 몰락 귀족, 혹은 사연 있는 상류 계급 인간, 그런 이미지로 문지기에게 답했다.

왠지 민망하고 어색했지만…….

좌우지간 무사히 도시로 들어오는 데 성공했다. 도시 안에는 생각보다 사람이 많지 않았다. 시간대나 이 근처 구획 때문인지, 드문드문 통행인이 있을 뿐이었다.

마을 풍경은 중세 유럽이라기보다는 그냥 중세풍이지만 깔끔한 인상이었으며, 자세히 살펴보면 문명의 이기가 눈에 띄었다.

아니, 당연한 것처럼 무슨 회선? 같은 것이 전봇대 같은 기둥 사이를 잇고 있다니까?

원래 세계에서는 경관을 헤친다는 이유로 이런 걸 땅속에 묻는다고들 하던데, 이곳에서는 그러지 않나 보다.

"저건 뭘까? 마력 신호를 전달해서 마도구를 원격 조작이라도 하는 건가?"

"상당히 구체적인 예측인데, 그런 게 옛날부터 있었어?"

"제법 있었지. 그저 도시 전체에 있는 모습은 처음 본 것 같아. 역시 미래야."

"미래는 무슨……."

여전히 셀프 우라시마 아가씨였다.

하지만 이거라면 생각보다 생활 수준도 기대해 볼 만하겠다.

앞으로의 생활에 대한 기대감이 조금이지만 커졌다.

"그런데 엘프가 안 보이는걸."

"이렇게 통행인이 적으면 아직 판단하긴 일러. 조금 더 걸어가 보자."

"점심시간인가?"

조금 걷자 대뜸 사람이 불어나더니 어디선가 먹음직한 냄새가 풍겨 왔다.

그리고 길을 오가는 사람들을 살펴보자 휴먼이나 마족, 그리고 류에와 같은 엘프도 여기저기서 보였다.

이렇다면 이제 귀를 감추지 않아도 괜찮겠지. 그보다 그 옷 돌려줘. 난 철석같이 잃어버린 줄 알았다고.

"카이 군의 향기가……."

"변태 같은 발언 금지."

"농담이야. 하지만 문지기의 반응으로 어렴풋이 알고는 있었지만, 마족까지 있나 보군……."

『마족』. 게임 시절에는 휴먼의 모습에 작은 뿔이나 양처럼 말린 뿔, 작은 박쥐 날개 등이 달린, 흔히 말하는 서큐버스나 인큐버스 같은 저급 인간형 몬스터를 닮은 종족이었다.

포지션으로는 엘프 이하의 마력과 휴먼 이상의 근력, 그리고 기량 관련 스테이터스가 낮은 쓰기 어려운 종족이었다.

하지만 서큐버스 같은 에로틱한 누님을 좋아하는 사람들에게는 인기가 있어서 그럭저럭 인구를 자랑했다.

뭐, 반대로 남자 마족은 적었지만.

응? 나는 마족이 아니냐고? 나는 휴먼이라니까. 겉모습만 커스텀했을 뿐이지.

"카이 군은 휴먼 맞지?"

"그래, 맞아. 특수한 액세서리로 마족 흉내를 내며 놀고 있지만."

"별나기도 하지. 하지만 수는 적다고 하나 설마 아무렇지 않게 공생하고 있을 줄은 몰랐어."

"류에는 마족이 거북해?"

"그야, 이런 시대가 있었는가 하면 그런 시대도 있었으니까."

게임 시절에도 마족은 휴먼과 엘프 마을의 시설을 이용할 때 여러 가지 불편한 제약이 있었다.

하지만 그 대신 레벨을 올리기 쉽다는 장점이 있었다.

설정으로는 마물의 힘을 흡수하기 쉽기 때문이라나 뭐라나.

그러나 아니나 다를까 게임에서는 그런 시스템의 배경이나 이유가 설명되지 않아서 플레이어가 내키는 대로 망상한 결과, 마족은 여타 종족과 적대하는 것이 아닐까, 라는 결론이 나왔다.

아마 류에의 반응도 거기서 기인한 것이리라.

"옛날 내 친구들에게는 마족 친구가 있었다나 봐."

"그래? 아는 사이는 아니고?"

"나는 직접 만난 적이 없어서 말이야. 서로를 의도적으로 피한 건 아니라고 생각하지만, 그저 역시 거북한 마음이 없진 않구나 싶어서."

"……류에, 혹시 만난 적 없는 사람이 그밖에도 더 있지 않아?"

"흠…… 전에도 말했지만, 카이본…… 너도 그래."

역시 그렇게 되는구나.

그렇다면 게임 시절 사건이 그녀들의 인생에 일부 포함되어 있다는 식이리라.

채팅 내용이나 상세한 사건에는 차이가 있겠지만, 인간 관계 등은 당시 상태가 그대로 이어졌다고 봐야 할까?

그럼 그 만난 적 없는 마족 친구란…… 내 세 번째 캐릭터겠지.

내가 가진 캐릭터 중 마지막 한 명.

캐릭터 닉네임 『레이스』.

서큐버스를 이미지로 만든 나이스 보디 누님이었다.

만든 것까지는 좋았지만, 보고 즐기는 것만으로 만족한 캐릭터라서 그다지 육성도 하지 않고 방치한 캐릭터였다.

하지만 액세서리나 의상 수집에만은 열을 올렸지.

전투 직업은 분명히…… 응? 뭐였더라?

직업은 크게 나눠서 『초기』, 『상위』, 『최종』 세 가지로 분류된다.

그러고 보니 류에는 『성기사』와 『마도사』였지.

그냥 키우기만 해도 진화하는 직업이 있는가 하면 다른 직업을 키워야 조건이 충족되는 직업도 있었다. 그중에는 내 『탈검사』처럼 특수한 장비가 필요한 직업도 존재했다.

성기사는 『검사』에서 『기사』로 파생하고, 마지막으로 『신관』 계통 직업을 올리면 개방되는 직업이었다.

이름은 거창하지만, 이도 저도 아닌 애매한 직업.

장점은 솔로로 어디든 갈 수 있다는 점. 그런 위치였다.

서브 직업으로 설정한 『마도사』는 마술사 계통을 육성하다 보면 반드시 마지막에 되는 직업이었다.

이쪽은 굳이 설명하자면 파티의 메인 화력이 될 수 있는 반면, 그 높은 화력 탓에 적에게 노려지기 쉬워서 솔로 플레이에는 맞지 않는 직업이었다.

당시 이 조합으로 키우고 있으니 『너 얼마나 솔로로 하고 싶으면 그러냐?』는 말까지 들었다.

성기사의 풍부한 방어 기술과 회복 마법은 체력이 약한 마도사의 단점을 완화한다.

그리고 마도사의 고위력 마술은 성기사의 약점인 원거리 공격을 보완하며, 아울러 보조 마법으로 자신을 강화할 수 있다.

보조 전용 직업보다는 떨어지지만 모든 능력을 약간 올려주는 편리한 마법과 직업 보정인 『소비 MP 감소』가 성기사와 대단히 상성이 좋았다.

그립다, 무적의 플레이…….

당시의 류에를 떠올리면서 지금 류에를 봤다.

"카이 군, 대신 그 망토를 빌려줄 순 없을까? 온기 플리즈~."

"……에휴."

어쩌다 이렇게 됐냐.

최고 등급 갑옷을 입히고 겉모습에도 신경 써서, 판에 박은 듯한 성기사로 완성시킨 그녀를 보고 우리 팀의 화가 El이 자화상을 그려줄 정도였는데…….

그러고 보니 당시 장비는 가지고 있을까?

"그런데 류에, 아까부터 앞장서고 있는데 어디로 가는 중이야?"

"무장한 사람들이 같은 방향으로 움직이는 게 보였어. 그들을 따라가면 길드에 도착하지 않을까 생각했지."

"……오호라."

그나저나 여간 머리가 잘 돌아간다고 할지, 사람이 똑 부러졌다.

언제까지고 게임 시절의 이미지에 사로잡혀 있는 것도 좋지 않겠지만, 지금 류에도 류에대로 충분히 믿음직스러웠다.

으음, 조만간 말해야 할까? 『내가 류에를 탄생시켰다』는 사실을…….

§ § §

"훗…… 카이 군, 여기가 길드야!"

"뭘 잘했다고 웃어? 결국 아까 집단이 가던 곳은 그냥 사창가였잖아."

"그러게나 말이야, 하하하~!"

결국 내가 주변 사람에게 길을 물으며 도착한 곳이 이곳이었다.

『솔트버그 종합 길드』라고 적힌 간판이 머리 위에 크게 군림하고 있었다.

천만다행으로 게임 시절과 똑같이 이 세계의 언어와 문자 대부분은 현실 세계와 같은 것이 쓰였다.

류에의 집에는 책을 비롯해 읽을거리가 그다지 없었기 때문에 실제로 볼 때까지 걱정이었는데, 이제 한시름 덜었다.

건물 자체는 서부극에 나올 것 같은 술집과 닮았지만, 언뜻 보니 전투에 관련된 사람뿐만 아니라 일반인도 부담 없이 발을 들이는 장소 같았다.

"그럼 여기서 류에에게 예언을 하나 하마."

"흠? 난데없이 뭐지?"

"우선 내가 길드에 등록을 신청한다. 그러면 뒤쪽에 모여 있던 껄렁패들이 시비를 걸 거야."

"오호, 그래서? 그다음엔?"

The 정석이었다.

"다음에는 옆에 있는 류에에게 눈독을 들일 거야. 그리고 나랑 헤어지고 자기들과 놀자고 강요하겠지."

"흠, 그건 재미있지 않군. 호되게 혼쭐을 내줘야겠어."

"아니아니, 그건 내 역할이지. 그럼 이제 들어가 볼까?"

길드 안으로 들어서자 손님이 제법 있는 탓인지 우리를 돌아보는 사람은 그다지 없었다.

하지만 명백하게 분위기가 굳었다.

왜?

"두 쌍의 날개? 게다가 칠흑색이라……."

"상위 마족인가?! 왜 이런 변경에……."

"잠깐…… 심지어 뿔까지 있어."

아, 혹시 마족은 미움받고 있다거나 그런 느낌……?

야단났네. 격식 차린답시고 평소 세팅으로 와 버렸다.

"황금 산양 뿔…… 황금색이면 왕족과 연관된 사람 아니냐?"

"쌍익과 뿔이 동시에 있다는 얘긴 들어본 적도 없어."

술렁거림이 퍼져 나갔다.

이게 뭐야? 생각하던 거랑 달라!

"카이 군, 빨리 접수처로 가자."

"그, 그래."

류에 씨는 제 갈 길만 가신다.

접수처로 가자 아니나 다를까 직원이 몹시 긴장하기 시작했고, 한 술 더 떠서 마족으로 보이는, 양처럼 말린 뿔이 자란 여성이 뒤쪽에서 흥분한 듯 술렁거렸다.

……큰일 났다. 이제 와서 벗을 수 있는 분위기가 아니잖아!

"이 길드에 등록하고 싶습니다만."

"네, 넷. 성함을 적으시고 나머지는 임의로 기재해주세요."

앞에 놓인 용지에는 이름, 나이, 종족, 출신지, 특기, 기타 전투에 관한 비고를 적는 칸이 있었다.

일단—.

"일본어라서 살았다."

"**일본**어? 일반적인 문자는 이 문자인데, **일본**어는 뭐지?"

"아니, 아무것도 아니야."

현실 세계의 언어라고 하면 영어나 다른 외국어도 포함된다, 이 말입니다.

만약 이런 서류가 영어로 쓰여 있으면 어떡하나 했네.

일단 이름과 종족, 전투에 관해서 적고…….

"카이본 님이시군요? 종족은…… 저, 일단 허위 신청은 권할 수 없습니다만……."

"금지는 아니죠? 게다가 허위 정보는 하나도 적지 않았습니다."

"아, 알겠습니다. 특기는 전투와…… 응? 요리인가요?"

"네. 마법, 무기라면 뭐든지 다룰 수 있습니다. 일단 잘 다루는 건 검 전반이죠."

거짓말은 아니다, 거짓말은. 이것 봐, 스테이터스에도 이렇게 나와 있잖아.

**【Name】 카이본**

**【종족】 휴먼(?)**

**【직업】 탈검사, 권투사(50)**

**【레벨】 399**

【칭호】 무늬만 마왕
신을 울린 자
용제(龍帝)를 도륙한 자

【장비】
【무기】 탈검 브란트
【머리】 없음 (엘드 카프리콘) (페인즈 페르소나) (밤과 붉은 달의 마안)
【몸】 금실 자수의 흑색 황제 외투 Ver.중합 갑옷 합성 by 구~냐♪ (엘더 윙)
【팔】 갈망과 절망의 양팔
【다리】 금실 자수의 흑색 황제 외투 Ver.중합 갑옷 합성 하반신 버전 by구~냐♪

【플레이어 스킬】 어둠 마법, 얼음 마법, 불 마법
검술, 장검술, 대검술, 찬탈(탈검 사용시)
격투술
【웨폰 어빌리티】 [생명력 극한 강화]
[찬탈자의 증거(투)]
[찬탈자의 증거(용)]
[찬탈자의 증거(검)]
[기척 탐지]

**[회복 효과 범위화]**
**[행운]**
**[습득 금액 배가(倍加)]**

보세요. 스테이터스 씨가 제대로 일하고 계십니다.

종족의 의문형까지 빠뜨리지 않고 꼼꼼하게 일하고 계십니다.

가끔은 설렁설렁하셔도 되는데 말이죠. 의문형 부분이라거나, 의문형 부분이라거나―.

게다가 칭호도 제대로 늘어났다. 이거 대체 무슨 기준으로 붙는 것일까?

게임 시절이라면 그나마 이해할 수 있었다. 특정 플레이에 응해서 수여되니까.

하지만 이곳은 더 이상 게임이 아니었다. 그렇다면 이것은 대체 누가 수여한 것일까?

그리고 플레이어 스킬에는 이 세계에서 배운 마법도 예외 없이 기재되었다. 흡족한 결과였다.

어쩌면 직업으로 『마도사』 같은 것이 추가되지 않을까도 생각했지만, 게임 시절과 마찬가지로 『탈검사』와 『권투사』뿐이었다.

참고로 서브로 권투사를 넣은 이유는 단순히 공격력을

끌어올리기 위해서였다.

이 직업이 가장 보정이 높기도 하거니와 무기가 있건 없건 체술의 폭이 늘어나서 편리하기 때문이었다.

하지만 그 탓에 메인 직업을 검사 계열, 서브로 권투사를 넣는 것이 정석이 되어 영원한 천민 직업, 깔판 등으로 불리곤 했다.

무기 어빌리티는 여행에 나선다는 이유로 편리해 보이는 것을 넣어 봤다.

[생명력 극한 강화]의 효과는 체력에도 영향을 미쳐 피로까지 덜어주었다.

그래서 당연히 걷느라 지치는 일도 없었고 거의 휴식 없이 강행군이 가능했다.

그 강력한 효과를 『회복 효과 범위화』로 류에에게도 공유했다.

그녀는 평소 멀리 나가는 일이 없던 탓에 체력이 약했고, 그것이 이 방법을 고안하는 계기가 되었다.

그 외에도 [기척 감지]나 [행운]도 넣어 뒀지만, 솔직히 어느 정도 효과가 있는지는 불확실했다.

일단 길을 잃지 않고 똑바로 숲을 빠져나온 일이나 마물의 기척을 금세 감지할 수 있었던 것은 어빌리티의 효과라고 생각하지만…….

……뭐, 이런 식으로 이래저래 머리를 굴려 보았지만, 정말로 왜 이 메뉴 화면이 제대로 기능하는 것일까?

방금 의아하게 생각한 칭호처럼 세계에 원래부터 이런 시스템이나 법칙이 존재한다는 가능성도 있었지만, 이런 일들이 실제로 내 몸에 닥치자 생각하지 않을 수 없었다.

이것이 본래 세계가 갖추어야 할 모습이며, 게임은 그것을 재현했을 뿐인 게 아닐까, 하고.

하지만 내가 이렇게 이곳에 있는 일도 포함해서 이 수수께끼는 지금 고민해 봤자 답이 나오지 않으리라.

……아직 모든 것을 잊고 살아갈 수는 없다.

1년 동안 숲속에서 지내면서 문명사회에서 밴 가치관과 본래 세계로 돌아가고자 하는 망향심이 희석되어 있었다.

그렇다고 아직 완전히 떨쳐 낸 것도 아니었다.

하지만 그래도, 나는 여기서 살아가겠다.

왜냐하면—.

"카, 카이 군, 이거 어떡해?! 나는 몇 살이지?"

"대충 적어, 대충."

이렇게 귀여운 친구 같기도, 딸 같기도, 선생님 같기도 한 사람이 곁에 있으니까.

무사히 끝났는지 아닌지는 모르겠지만, 나와 류에는 일단 길드 등록을 마쳤다.

류에의 경우 옛날 카드를 이 도시, 아니, 현재 대륙 양식에 맞춰 갱신했을 뿐이었지만.

뭐가 어찌 됐든 이것으로 돈을 마련할 방법은 생겼다. 다만, 일을 받기 전에 해야 할 일이 있었다.

"류에, 언제까지 침울해 있을 거야? 어서 가자."

"후후…… 남자는 몰라……. 자기 나이를 새삼스럽게 직시하게 된 이 슬픔은……."

"와아, 1,022년이나 살지 않아서 나는 모르겠네~. 대단하다~."

정말로 나는 모르겠다.

그런 어마어마한 시간을 홀로 숲속에서 보내는 슬픔, 억울함…… 그런 부정적인 감정을 나는 몰랐다.

하지만 류에도 지금 이렇게 장난칠 수 있을 정도로는 극복했다고 생각하고 싶었다.

……그렇지 않으면 이렇게 웃을 수가 없다고요, 내가.

"미, 미워! 카이 군 미워!"

어이쿠, 아무래도 자신의 나이를 새삼스럽게 들이대자 심경이 복잡한 모양이었다.

역시 여성을 나이로 놀리는 것은 금기였다.

하지만 금기라고 안 할 줄 알았더냐!

"그래…… 나 미움받았구나……."

그대로 밀어 봤다.

그러자 예상대로 류에가 쩔쩔매며 말하길…….

“아, 아니야, 안 미워. 그러니까 그런 표정 짓지 말아줘.”

“쉬운 여자.”

“뭐라고 했어?”

앞으로 나쁜 남자한테 속을 것 같아서 아빠는 걱정이란다.

현재 진행형으로 나빠 보이는 남자(마왕 룩)에게 속고 있지만.

우리는 그 후에도 불한당과 엮이는 일 없이 무탈하게 건물에서 빠져나왔다.

엮이기는커녕 주위 사람이 살짝 피하는 기분마저 들었다.

해는 이제 막 머리 위를 지난 참이었다. 아직 돌아다닐 시간은 많이 남았다.

“그런 고로 우선 거점부터 정하자. 어디, 숙소를 알아봐야겠는데…….”

“아, 그것도 그렇네. 장기 계약으로 당분간 이곳에 눌러앉으려고?”

“음, 길드에서 하는 일이나 의뢰에 관해 아직 잘 모르고, 류에도 지금 세계정세가 어떤지 모르잖아? 당분간 여기서 지내는 것도 좋지 않을까?”

“맞는 말이야. 돈에는 일단 여유가 있지만, 벌어먹으려면 이곳에서 기본을 착실히 배워야겠지.”

……응? 그런데 왜 류에가 이 시대의 돈을 가지고 있지?

상식적으로 몇백 년이나 화폐 가치와 주화 규격이 변하지 않으리라고는 생각할 수 없었다.

그 창고에 들어 있었을까? 대체 그건 어디서 보내는 것일까?

"류에 선생님, 질문 있어요."

"왜 그러지? 카이 군. 스리 사이즈라면 이따가 손으로 검사하게 해주마."

"아, 응. 그건 다음에 하고, 아까부터 이 시대 돈을 꺼내던데 그것도 창고에서 난 거야?"

"맞아. 막대한 재산은 아니더라도 제법 되지 않을까?"

"예전부터 신경 쓰였는데 그 창고는 대체 뭐야? 이제 그만 알려줘."

그곳에 살고 있었을 때에도 같은 질문을 한 적이 있었다.

예물이라고밖에 설명하지 않았지만, 그것이 어떠한 것이며 누가 보내는 것인지는 결국 듣지 못했다.

"음, 이제는 괜찮겠지. 이건 말이야, 예물이라기보다는 『공물』에 가까워."

"……류에, 나는 너를 그런 천벌 받을 아이로 키운 기억 없다."

"우연인걸, 나도 그런 기억은 없어. 다른 게 아니라 이건 나에게 바치는 공물이야."

"미련 없이 좋은 곳으로 떠나소서."

"좀 끝까지 들어줄래?"

정도껏 놀렸어야 했다. 류에의 날카로운 킥이 내 정강이뼈에 클린 히트했다.

표정 하나 안 바꾸고 공격하다니, 재주도 좋아라.

대미지는 없는데 아픈 것은 어떻게 된 조화인가.

"일단 나는 산 제물 같은 취급이었으니까. 엘프들 사이에 전승으로 내려오는 게 아닐까? 그게 퍼져서 세계 각지에서 보내오는 거라고 생각해."

"우와, 그럼 어떻게 보면 신앙의 대상이야? 그리고 그걸 잘 이용해서 생계를 꾸려 나갔고?"

"이 구조는 나를 두고 간 엘프의 일부가 고안한 걸 테지. ……아마 속죄의 의미가 아니었을까?"

엘프분들, 아직 모두를 용서할 수는 없지만 감사합니다.

덕분에 매일 신선한 식재료를 쓸 수 있었습니다.

계속 그렇게 제가 엘프를 미워하는 정도를 쭉쭉 낮춰주십시오, 부탁합니다.

우리는 그 길로 마을을 구경하며 돌아다녔다. 그런데 류에가 또다시 앞서 나가더니 여행자 풍모의 사람들을 졸졸 따라가기 시작했다.

그 결과, 이번에는 무사히 여관에 도착할 수 있었다.

이 애, 조만간 모르는 사람을 따라가다가 미아가 되지는 않을까?

"응? 왜 그래? 그런 아이를 지켜보는 듯한 눈으로……."

"아니야, 신경 쓰지 마."

도착한 여관은 규모가 꽤 되는 3층짜리 숙소였다.

주변을 둘러보자 마찬가지로 침대 모양 간판을 내건 건물이 드문드문 보여 이 주변 일대에 여관이 밀집해 있는 것을 알 수 있었다.

이렇게 보니 생각보다 도시의 구획 정리가 잘 되어 있어 보였다.

전봇대 비슷한 것이 존재하거나 명백하게 목적별로 시설을 밀집시키거나, 상상보다 훨씬 근대적이었다.

"그런데 이제 와서 새삼스럽지만, 이 복장은 바꾸지 않아도 괜찮을까?"

"이 도시에 있는 동안은 그대로 있어도 되지 않겠어? 싫으면 처음부터 안 했으면 됐을 걸."

"아니, 실은 이거 한 세트로 착용하면 능력이 상당히 올라가는 모양이더라고."

어떻게 된 영문인지 장비 외의 액세서리, 본디 외견에만 영향을 주는 날개, 뿔, 눈, 그리고 가면을 모두 장비했을 때에만 게임 시절과 같은 스테이터스를 발휘할 수 있었다.

물론 그것들을 빼고도 레벨 덕분에 능력은 상당히 높아 보이지만.

예를 들자면 레이싱 카를 레이서가 모느냐, 단순한 운전자가 모느냐, 일까?

그 정도로 차이가 났다.

……내가 말한 거지만, 예시가 영 시원찮다.

“흠, 그럼…… 옳지, 내가 재밌는 사용법을 생각해주지.”

“의견 경청하겠습니다.”

“우선 평범한 사람으로 활약하는 카이 군, 그런데 마을에 위기가 닥치는데!”

“흠흠.”

아까 길드에 들어가기 전에 한 예언이 은근히 재미있었는지, 묘하게 말투가 비슷했다.

“부상당해 무릎 꿇는 카이 군, 등 뒤에는 지켜야 할 도시. 그리고 카이 군은 자신의 정체를 도시 주민들에게 들킬 것을 각오하고 마왕의 모습으로!”

“……”

“본연의 힘을 사용해 카이 군은 무사히 도시를 지켜 냈습니다.”

“네, 뻔한 클리셰 잘 들었습니다.”

“그게 뭐야?”

이걸 어디부터 따져야 하나.

“우선 첫 번째. 누가 마왕이야, 누가?! 그리고 이게 정체라니? 나는 휴먼이라고 했잖아.”

“뭐어? 하지만 나는 그 모습도 싫지 않은데 말이야. 뭐, 여관에 들어가기 전에는 빼 둬.”

"그래야겠다."

이 옷, 아니, 이 장비들은 원터치로 해제할 수는 없으므로 여관에 들어가서 하기로 했다.

장비할 때는 한순간에 되면서 이상하게 불편했다.

일단 주변에 사람이 없는 것을 확인하고 액세서리 취급인 『마왕 세트(웃음)』를 우선 해제했다.

"실례합니다. 장기간 머무를 방을 잡고 싶은데요."

"아, 네. 어떤 방을 찾으시죠?"

여관에 들어가서 내가 대표로 접수처 아저씨에게 말을 걸었다.

역시 괜한 물건을 달지 않으면 사람의 반응도 평범했다.

"우선 두 사람이 각방으로 한 달 동안 머물면 식비가 어떻게 되죠?"

"보자…… 방 두 개에 아침 식사와 근처 공중목욕탕 할인을 붙여서 한 달에 18만 룩스입니다."

1룩스는 1엔 정도일까? 그렇게 생각하면 1인 1실, 1박에 3,000엔인가? 현대에서는 생각할 수 없을 만큼 저렴했다.

문제는 그 값을 류에가 낼 수 있느냐, 인데…….

"잠깐 괜찮을까? 그럼 두 사람이 한 방을 쓰면 얼마지?"

"그렇게 하시면 2인 1실로 1박당 5,000룩스니까 15만 룩스입니다."

"그러면 그렇게 부탁해도 될까?"

"잠깐만요, 류에 씨?"

"왜 그러지, 카이 군?"

왜 어리둥절한 얼굴이니?

그래도 젊은(겉보기에는) 남녀라고요. 이쪽은 굶주린 30대 직전의 건전한 남자라고요.

"정조 관념이란 말 알아?"

"나는 비유하자면, 그래, 숲에 있는 맛있는 과일이야."

"자유롭게 드셔라, 뭐 이런 말씀이십니까?"

"그보다 1년 동안 같은 집에서 살았으면서 새삼스럽지 않아?"

아, 그것도 그런가?

나는 류에에게 계산을 맡기고 먼저 방으로 가기로 했다.

돈은 출세하면 갚자, 출세하면!

§ § §

도시에 온 지 사흘째 아침.

오늘도 나는 길드에 가고자 이른 아침에 일어났다.

여관 주인은 그런 나에게 매일 아침 우유 한 잔과 야채를 넣어 반죽한 파이를 건네줬다.

나는 그것을 먹으며 여관 주인에게 물었다.

"주인장, 오늘도 류에는 먼저 갔나?"

"예. 일행분이라면 해가 뜨자마자 길드로 가셨지요."

그렇다. 나는 류에와 따로 일하고 있었다.

길드에 도착해서 평소대로 접수처로 갔다.

상대는 마족 여성. 양처럼 둥글게 말린 뿔이 난 분홍색 쇼트커트의 젊은 아이였다.

그리고 기대한 대로 가슴팍 단추를 풀어 놓아 가슴 계곡이 훤히 보였다.

"카이 씨, 왜 휴먼 모습이세요~? 좀 더 당당하게 보여주시지~."

"나도 사정이 있어. 이 차림으로 만족해줘."

주변에서는 보이지 않는 마안만 장비해, 살짝 눈을 가늘게 뜨며 시선을 보냈다.

그러자—.

"아흥…… 짜, 짜릿해요……. 아, 카이 씨에게 맞는 의뢰는 이 두 가지예요~."

나는 이튿날부터는 마왕 룩을 봉인하고 활동했다. 뿔과 날개를 감추는 것은 어렵긴 하나 불가능하진 않다는 말을 듣고, 이렇게 당당하게 은폐한 모습을 보이고 있었다.

아무래도 마족 여성에게는 날개와 뿔, 그리고 마안은 강한 혈통의 증거이자 선망의 대상이라는 것 같았다.

그리고 마족 남성은 수 자체가 적다나?

……게임 시절 남녀 비율이 설마 이렇게까지 영향을 줄 줄 이야……. 덕분에 매일 아침 좋은 구경하고 있습니다.

그건 그렇다 치고 마족인 그녀는 마음을 써서 항상 나에게 맞는 간단한 의뢰를 알선해줬다.

원래 이러면 옳은 일은 아니라고 하지만, 마음에 드는 사람에게 이런 일을 하는 접수원은 의외로 많다고 한다.

"그럼 이 『솔트 디쉬 주변 순찰』과 『그로우 호스 비젯살 수집』을 받지."

"알겠습니다~."

솔트 디쉬는 그 소금 호수의 이름이고 그로우 호스는 그 소금을 핥으러 오는 대형 말 마물이었다.

일단 류에가 살던 숲에도 있던 마물이며, 나도 문제없이 해치울 수 있었다.

오히려 내가 쓰러뜨릴 수 없는 마물이 이 근처에 있기는 할까?

"……패배를 알고 싶다."

"무슨 말 하셨나요~?"

길드를 나서자 마침 류에가 이쪽으로 오고 있었다.

하지만 서로 시선을 피하고 무시하듯 지나쳤다.

류에의 뒤에는 낯선 남자 세 명이 마치 제자처럼 따라붙어 있었다.

……신경 쓰지 말고 그만 가자.

도시 정문을 나올 때 문지기에게 순찰에 관해 물었다.

듣자 하니 이미 몇 사람이 의뢰를 받았고, 문지기의 지시에 따라서 도시 주변을 순찰하면 되는 것 같았다.

문지기는 나에게 소금 호수까지 길을 따라 똑바로 가서 호수를 시계 방향으로 한 바퀴 돌아 달라고 부탁했다.

묻는 김에 그로우 호스에 관해서도 묻자, 그는 어제부터 이따금 달리는 모습이 보였다고 알려줬다.

그렇다면 두 의뢰 모두 달성할 수 있으리라.

느긋하게 가도를 걸으며 좌우로 펼쳐진, 풀이 듬성듬성 자란 초원을 바라봤다.

지질적으로 풀이 자라기 힘든 것일까?

소금 호수 근처니까 그 영향이 있을지도 모르겠다.

……심심하다.

어디를 봐도 마물은 코빼기도 보이지 않으니까 조금 속도를 높여서 소금 호수까지 가 버리자.

이러니저러니 하는 사이 의뢰는 종료됐다.

소금 호수를 끼고 반대편, 우리가 빠져나온 숲 쪽에 있는 오두막에서 의뢰를 수령한 증거를 제시하고 나왔다.

이곳에서 수속을 거치지 않으면 순찰을 하지 않은 것으로 취급되기 때문이었다.

탈검을 이동 속도에 특화된 구성으로 한 덕분에 상당히 일찍 의뢰가 끝나 버렸다.

참고로 그로우 호스 비곗살은 넉넉하게 다섯 마리 분량을 입수했다.

길드에서 맡긴 아이스박스 같은 상자에 넣어서 아이템 박스에 수납해 놓았다.

지금 생각해 보면 류에의 배낭에서 물건을 꺼내도 아이템 박스에 넣으면 문제가 없지 않을까?

저녁이 되기 전에 길드로 돌아온 나는 의뢰 달성을 보고하고 보수를 몰래 아이템 박스에 넣은 뒤 숙소로 돌아왔다.

"카이 군! 더는 못 하겠어!"

"하하하, 앞으로 이틀만 더 힘내."

방으로 돌아오자마자 류에가 반쯤 울면서 뛰어들었다.

아아, 역시 류에가 없으면 기운이 안 난다.

애초에 왜 일이 이렇게 되었냐고 하면—.

"으으…… 보수가 파격적이다 싶더니 캔슬도 안 돼."

"게다가 흑심이 뻔히 보이는 의뢰이기도 하고."

류에는 이곳에 오고 이틀째 되는 날, 어떤 의뢰를 맡았다.

『얼음 안개의 숲으로 동행(여성 마술사)』.

그것은 파티 모집이 아니라 돈을 내고 동행을 부탁하는 의뢰였다.

보수는 3일에 15만 룩스라는 파격적인 액수로, 나와 류에의 한 달 치 숙박비와 같았다.

의뢰주는 영주의 아들이라고 했다. 역시 그 재력은 우습게 볼 수 없었다.

하지만 이 의뢰에는 생각지도 못한 함정이 있었으니…….

"왜 내가 카이 군, 다른 남자와 한마디도 하면 안 되냐는 말이야."

"그거야 독점욕이겠지. 기회가 있으면 자기 여자, 이른바 전속 마술사로 삼겠다는 생각으로……."

"만약 계약을 어기거나 나에게 무슨 짓을 하려고 하면 가만두지 않을 거야."

"그때는 뭐, 길드를 적으로 돌려서라도 몽땅 죽여 놓자고."

언행일치, 정말로 좋아하는 말입니다.

§ § §

하지만 꼭 이런 이야기는 예상을 벗어나지 않더라.

첫날 길드에서 일어나지 않은 정석 이벤트가 뒤늦게 찾아왔다고 해야 할까? 아니나 다를까—.

"우리와 함께하면 그녀는 100퍼센트, 아니, 120퍼센트의 힘을 발휘합니다. 그리고 그녀처럼 고귀한 아름다움을 지닌 사람은 저에게 더욱 어울리죠."

“『루벨』 님은 이미 얼음 안개의 숲에서 리틀 페릴 토벌에도 성공하셨습니다. 류에 님의 마술과 루벨 님의 검술은 마치 백년동락한 부부를 연상하게 하는 일체감을 보여주셨죠.”

“누님도 우리와 함께 있는 게 훨씬 좋다고 할 게 뻔해. 뭣하면 우리가 새 마술사를 소개해줄 수도 있어.”

한눈에 봐도 부자임을 알 수 있을 만큼 쓸데없이 호화롭게 장식한 풀 플레이트 메일을 껴입은 사내와 짙은 푸른색 로브로 몸을 감싼 노인, 그리고 크고 우람한 창을 나에게 자랑하듯 들고 선 구릿빛 피부의 스킨헤드 거한.

류에의 의뢰 마지막 날, 아무리 기다려도 돌아오지 않는 류에를 마중 나가려다가 숙소 앞에서 딱 마주친 것이 이 세 사람이었다.

……정말이지 약속이나 한 것처럼 일어나는구나.

“잠꼬대는 집에 가서 해. 류에는 아마 길드에 있겠군. 지나간다.”

“내 얘기 안 들었어? 우리가 그녀를—.”

내가 열일곱 살이 아니라서 다행인 줄 알아라, 몇 년 전까지만 해도 열일곱 살은 공포의 대상이었다고!

벌써 10년도 전이구나……. 『욱하는 17세[#9]』도 모르겠지.

어제 『몽땅 죽여 놓겠다』고 말은 했지만, 실제로 일을 벌였을 때의 불이익을 생각하면 아무래도 실행에 옮길 수 없

#9 욱하는 17세 2000년 이후, 일본에 만 18세 미만 청소년 범죄가 증가하면서 유행한 말.

었다.

하지만 재미없는 일임에는 변함이 없으니 어떻게든 보복하고 싶은데…….

“류에에게 판단을 맡기지. 류에가 만약 너희를 따라가겠다고 판단하면 얌전히 물러나마. 아니면 너희는 류에가 바라지도 않는데 이런 이야기를 하러 온 건가?”

“……알았다. 그리 하지.”

의외로 싱겁게 물러났다. 일단 자존심이 있기 때문일까? 아니면 무슨 계략이라도?

기습해도 소용없다고 미리 깨닫게 해줘야 하나?

“영주님의 자제를 뵙는 자리니까 나도 그에 걸맞은 모습으로 가지.”

“흥, 최소한 예의는 지키—.”

구태여 그들이 보는 앞에서 장비를 변경했다. 이미 스스로도 마음속으로 『마왕 룩』이라고 부르게 된 장비였다.

그들도 이 모습에는 놀라움을 감추지 못했다. 하지만 그게 다였다.

이상하네. 적어도 길드에서는 경계하던데…….

길드에 도착하자 바로 류에를 찾을 수 있었다.

대기실 한쪽에서 중년 남성과 대화를 나누는 중인 듯했다.

“사정이 그러하오니 부디 응접실로…….”

“싫어. 내가 거기에 가야 하는 이유가 뭐지? 만약 길드의 권한이라고 한다면 이 자리에서 탈퇴하지."

"뭐야, 뭐야? 분위기가 왜 이렇게 험악해? 류에, 무슨 일 있었어?"

"아, 카이 군, 와줬구나……. 너희는 또 왜 카이 군과 함께 있지?"

나는 두 사람의 대화에 비집고 들어가서 류에에게 말을 걸었다. 내 목소리에 무뚝뚝했던 얼굴이 웃음으로 환해졌다고 생각한 순간, 그녀는 내 뒤쪽을 보자마자 다시 가면 같은 무표정으로 돌아갔다.

이건 확인해 볼 것도 없이 뒤쪽에 있는 삼인조가 독단으로 저지른 일이라고 봐야겠지.

그리고 길드의 높으신 분으로 보이는 이 인물이 류에를 말리고 있다는 건…….

"류에, 이 세 명이 너를 스카우트하고 싶다며 찾아왔어. 너도 그럴 생각이야?"

"그럴 리가 없잖아? 나도 입에 침이 마르도록 거절했어. 오늘로 이 계약도 끝이라고 생각했더니, 이 길드 관리관이 도무지 놓아주질 않아서 나도 애를 먹던 참이야."

영주의 아들이 길드보다 권력이 있는 모양이었다.

애당초 아직 길드라는 조직이 어디에 속해 있는지도 모르는데, 섣부른 판단이었는지도 모르겠다.

설마 고작 영주 아들에게 부려 먹히고 있을 줄이야.

"자, 류에가 이렇게 말하니까 더는 우리에게 간섭하지 마."

"관리관, 당신도야. 나는 그들이 돌아올 때까지 이야기를 듣기만 하면 된다고 했었지?"

"……알겠습니다. 죄송합니다, 루벨 님. 이 이상은 저도 붙잡을 수 없습니다. 한 번 길드를 통해 나눈 계약은 준수해 주셔야만 합니다."

"큭…… 그렇다면 계약을 연장해! 사흘 더! 보수는 배로 내마, 30만 룩스다!"

길드 관리관이란 남자는 의외로 선뜻 물러섰다. 아주 조금 호감도가 올랐다.

이건 그건가? 권력은 아니지만, 지역 유지 간의 친교? 교류? 최소한의 편의는 봐줄 테니까 더는 불평하지 말라는 뜻인가?

그리고 체념할 줄 모르는 도련님. 보아하니 나이는…… 외국 사람의 나이는 언뜻 봐도 모르겠지만, 아마 스무 살도 되지 않았으리라.

"연장인가요……. 류에 님이 승낙하신다면야……."

"물론 거절하고말고. 이미 충분히 벌었으니까."

"뭐?! 그럼 40만! 40만이면 어떻습니까!"

……이 녀석, 오냐오냐하며 컸겠구나.

좋아, 류에 씨, 따끔하게 딱 잘라서 거절해 버리시죠.

그런 의도를 담아서 눈짓을 보냈다.

하지만— 나는 잊고 있었다.

이 처자…… 조금 얼빠진 구석이 있다는 것을.

대체 무슨 착각을 했는지, 어떻게 하면 그런 발상이 나오는지는 모르겠으나, 그녀는 자신만만하게 이렇게 말하는 것이었다.

"어쩔 수 없지. 그럼 여기 있는 카이 군에게 이기면 동료가 되어주겠어."

§ § §

결국 그대로 해산한 후, 나는 길드 관리관에게 불려가서 류에와 함께 이번 사건의 자초지종을 듣게 되었다.

"루벨 님은 이 도시와 소금 호수 주변 토지를 다스리는 영주님의 셋째 아들입니다. 일단 길드는 어느 나라, 영주에게도 속하지 않았습니다만, 아시다시피 이곳은 변경입니다. 아무래도 저희도 강하게 나갈 수 없어서 다소 편의를 도모하여 지금까지 억제해 왔습니다만……."

"그런데 영주 본인은 어떤 인물입니까?"

"영주님은, 글쎄요…… 구시대적이라고 해야 할지, 귀족적이라고 해야 할지……."

아, 귀족이 있었구나.

"그쪽은 이 도시의 길드 관리관, 맞으시죠? 조금 더 길드의 윗선에 상담하시면 어떻습니까?"

"그건…… 그렇습니다만, 이때까지는 문제가 없었기에……."

기회주의자, 아니면 상부의 눈치를 보는 것일까?

고용직 점장 같은 취급을 받고 있나?

뭐, 아무렴 어떠하랴.

애당초 길드는 독립된 조직일 텐데 나라에 속한 영주에게 거스를 수 없다는 것이 웬 말인가?

듣기로는 영주를 관리해야 할 왕도(王都)는 이 도시에서 아득히 먼 남쪽에 위치한다고 했다. 역시나 변방은 국왕이나 길드 본부의 감시도 허술해질 수밖에 없는 것일까?

어찌 됐건 따를 이유가 없는 상대에게 고분고분 순종하는 것은 못마땅했다.

할 말은 해야겠다.

"길드는 유사시에 길드에 소속된 사람을 강제로 복종시킬 권리가 있죠? 하지만 사람들이 그것을 용인하는 이유는 평소에 당신들 길드가 모험가를 지켜주고 있기 때문이란 걸 잊으신 건 아니겠죠?"

대충 훑어봤을 뿐이었지만, 등록 시 서류에도 그런 취지의 내용이 명시되어 있었다. 만에 하나 길드 외의 조직이나 권력에 부당한 일이나 명령을 강요받았을 경우, 길드가 앞장서서 보호해주겠다, 라는.

"……그랬었죠."

"그야 우리가 이 도시에 온 지 얼마 안 되긴 했습니다. 그렇지만 한 번 소속을 인정했으면 그에 맞는 대응을—."

"카이 군, 이제 됐어. 그보다 결투 준비를 모두 맡아주겠다는 일 말인데, 나중에 딴소리는 안 하겠지?"

아직 하고 싶은 말은 산더미처럼 있었지만, 이미 엎질러진 물이니 따져 봤자 부질없는 일이었다.

길드에 소속한 이들끼리 벌이는 사적인 싸움은 기본적으로 금지되어 있었지만, 길드의 입회하에 정식적인 절차를 밟을 경우는 예외였다.

규칙을 정하거나 장소를 빌리는 등 이래저래 할 일이 있다고 했지만, 간단히 정리하면 『구경거리로 삼고 그 이익은 모조리 받아가겠지만 불평하지 마』라는 것 같았다.

사실 내 걱정은 상대가 영주의 아들이라는 점이었다. 하지만 이것도 문제되지 않는다고 했다.

귀족 도련님이라도 한 번 길드에 소속한 이상 모든 일의 책임은 본인에게 있다, 설령 부모가 간섭하고 나서도 문제없다는 것이 관리관의 설명이었다.

만약 그런 일이 생기면 그때야말로 길드 상층부, 이런 변경이 아니라 대륙 중앙에 있는 본부에 연락이 간다고 했다.

"그래서 결투의 규칙은?"

"그 전에 한 가지 확인하겠습니다. 류에 님이 아니라 카이 님이 결투를 하시는 것이 맞습니까?"

"네."

"아마도 이번에는 상대방이 세 명, 즉, 3대1의 싸움이 되리라 예상합니다만, 그래도 괜찮으신지요?"

"문제없습니다."

자세한 규칙은 결전 직전에 발표하게 된다고 하여, 나는 마지막까지 무언가 할 말이 있어 보이는 관리관을 본체만체 길드를 뒤로했다.

"누님, 괜찮으세요? 그 철부지 도련님이 무슨 짓을 저질렀습니까?"

"아니, 문제없어. 고마워."

"언니! 만약 무슨 일이 있으면 언제든 말만 하세요! 저희 파티가 조만간 호위 임무로 밖에 나가니까 도망칠 수 있게 도와드릴 수도—."

"걱정해줘서 고마워. 하지만 괜찮아."

이게 무슨 상황이야?

길드 응접실에서 나오자 사람들이 물밀 듯 몰려들었다. 그리고 모두가 류에에게 걱정의 말을 건넸다.

이상하네…… 나도 같은 기간 동안 의뢰를 받았지만, 친구 한 명 안 생겼는데?

"인기 좋은데? 류에."

"아, 녀석들과 함께 활동하는 동안 고전하는 파티를 독단으로 엄호하다 보니 어느샌가……."

"남자도 있는 것 같은데 괜찮았어?"

"말은 나누지 않았어. 그리고 그 녀석들과는 의뢰 수행 중에만 함께했거든. 의뢰 후 헤어지고 술집에 갔을 때 친목을 다지거나 했지."

나~도~ 좀~ 부~르~지~!

이 도시에 오고 여관 식사밖에 안 먹으며 매일 시간을 꽉꽉 채워서 일한 나한테 사과해!

"저기, 이쪽 분은……."

"아, 이 사람은 내 동료야. 지금은 같은 파티가 아니지만, 이 사람이 원래 내 파트너지."

"누님의……."

스스로 생각해도 눈에 띄는 차림새라고 생각하지만, 이곳에 모인 사람들은 이제야 나를 눈치챈 모양이었다.

그리고 모여드는 시선.

이렇게 사랑받는 류에의 파트너라는 사실에 대한 쑥스러움을 감추기 위해서 나도 조금 엄숙하게 말했다.

"카이본이다. 류에와 여행하고 있지."

"이럴 수가…… 설마 누님이……."

남자로서 조금 우월감에 빠지려고 생각했으나, 시선의 성격이 생각하던 것과는 달랐다.

이것은 명백한 두려움이었다.

지금 마족이 대체 어떤 포지션이길래? 아니, 나는 휴먼이지만.

그러고 보니 이 모습으로 길드에 오는 건 첫날 이후 처음이던가?

내가 있는 탓인지, 결국 모였던 사람들이 흩어졌다.

하지만 마지막으로 여자아이 한 명이 「언니를 꼭 지켜주세요」라며 머리를 숙이고 떠났다.

고작 며칠 만에 정말 대단한 인망을 쌓으셨네요, 류에 씨. 그 사교성을 제발 저한테도 나눠주세요.

§ § §

그로부터 이틀 후.

류에는 여관 밖에 나갔다가 놈들과 만나면 귀찮아진다는 이유로 줄곧 방에만 틀어박혀 지냈으며, 나는 변함없이 간단한 의뢰를 받아 밖을 어슬렁거렸다.

류에의 안부를 묻는 사람과도 몇 번 만났지만, 골방지기가 되었다고는 차마 말하지 못하고 「사태가 해결될 때까지 근신 중」이라고만 말해 뒀다.

말이란 참 신기해. 하는 짓은 똑같은데 표현 하나로 전혀 다르게 들려.

「나는 이미 벌 만큼 벌었으니까 방에서 빈둥거려도 되겠지」 같은 소리를 하던 사람인데.

그리고 오늘, 마침내 결투의 날이 찾아왔다.

나는 드디어 밖으로 나온 류에를 대동해 시가지 변두리에 있는 연무장을 찾았다.

이곳은 대규모 마물 퇴치나 원정을 온 군대를 위해서 마련된 장소이며, 그 밖에도 이번처럼 결투로 사용되는 장소라고 한다.

일단 관객석도 마련되어 있어서 한가한 사람이나 류에를 걱정하는 사람들이 모였고, 아마 영주 일당으로 생각되는 집단도 보였다.

"그럼 나는 이번 결투의 상품이나 마찬가지니까 특등석에 가 있을게. 카이 군, 알고 있으리라 생각하지만……."

"봐주고 일부러 지면 되지? 알다마다."

"진짜 화낸다?! 확실하게 혼쭐을 내줘야 돼?"

가벼운 농담입니다. 그렇게 글썽이지 마세요.

나는 이쪽의 대화를 듣던 직원의 쓴웃음을 못 본 척하고 규칙을 확인했다.

그리고 건네받은 종이에 적힌 규칙을 본 나는 깨달았다.

아, 그때 길드 관리관이 신통치 않은 표정을 짓던 이유는 나를 **과소평가**했기 때문이구나, 라고.

"카이 님, 이미 통보했다시피 이번 결투는 무규칙이 곧 규칙입니다. 제발 지금 물러나 주실 수는 없겠습니까?"

규칙에는 『서로의 모든 힘을 동원하여 한쪽이 목숨을 잃을 때까지』라고 적혀 있었다.

그리고 3대1이라고 생각한 결투가 이 규칙으로 별개의 싸움으로 변해 버렸다.

영주 일당에는 사병으로 보이는 인간이 다수 포함되어 있던 것이었다.

그렇다. 그들 모두가 이번 결투의 상대인 셈이었다.

"그렇군요. 처음부터 이럴 작정이셨습니까? 관리관 님."

"저희 입장을 헤아려주십시오. 류에 님이라면 혼자 힘으로도 그들에게서 쉬이 벗어나실 수 있을 터입니다. 그러니—."

"그건 그래. 말투를 보니 그쪽은 류에의 힘을 제대로 이해하는 모양이군?"

"……예, 솔직히 놀랐습니다. 류에 님은 마술사라고 생각했습니다만, 이미 마도사라는 사실이 판명 났으니까요……."

『마술사』, 『마법사』, 『마도사』.

이 셋은 완전히 상위 호환과 하위 호환의 관계다.

마술사를 육성하여 마법사에 이르고, 마법사의 극에 달하여 마도사가 된다.

『마를 다루는 술수』를 가진 자와 『마를 따르게 하는 법』을 가진 자와 『마를 인도』하는 자.

따르게 할 것도 없이, 자신이 이끄는 대로 마가 따르는 자가 더 상위인 것은 자명한 일이다.

그리고 류에는 그 최상위에 있었다.

사실 본인도 아직 보여주지 않았지만, 본 직업은 성기사인데…….

"관리관 님이 하는 말도 지당합니다. ……다만, 거기에는 내 감정이 전혀 고려되지 않았어."

"감정으로 움직이겠다는 겁니까? 카이 님이 류에 님의 친구라는 사실은 저 또한 알고 있으나—."

"아냐, 그만 됐어. 이 규칙을 정한 건 누구지?"

"영주님입니다."

"그래? 그럼 좋아."

그럼 불평하지 마라?

정한 사람은 영주다. 그것이 설령 어떤 결말을 맞이하더라도 딴소리는 못 할 줄 알아라.

최근 며칠간 사용한 검 어빌리티 구성은 이러했다.

**【웨폰 어빌리티】**

[생명력 극한 강화]

[이동 속도 2배]

[민첩 +15%]

[경직 감소]

[행운]

[기척 감지]

[습득 금액 배가]

[]

무기 공격력을 올리는 어빌리티를 하나도 넣지 않은 것도 모자라 공란까지 하나 있었다.

현실적인 문제로 용신을 순식간에 죽이는 성능의 무기를 휘두르고 다닐 수는 없는 노릇인지라 별수 없었다.

그래도 레벨 399의 스테이터스는 막대한 힘을 지녔다. 나타나는 마물을 모두 일격에 해치워 버리는 것을 보면 말이다.

전날 그로우 호스를 사냥할 때에도 돌진해 오는 상대를 피해서 한순간에 목을 쳐 떨어뜨리는 묘기가 가능했을 정도였다.

심지어 [행운] 덕분에 퀘스트에 필요한 부위의 질도 좋았고, 직접 판매할 부위의 상태도 좋아 평소보다 고액으로 매입되었다.

이쯤 되면 한평생 마물만 사냥하면서 살아도 될 것 같았다.

게다가 그냥 먹어도 맛있겠고 말이다.

말 육회 생각나네. 오랜만에 갈기살이나 먹고 싶다.

이야기가 탈선했지만, 아무리 그래도 이대로 인간을 상대로 싸워도 괜찮을까?

나는 그 세 사람이라면 『실수로 죽여도 딱히 상관없다』는,

일본에 있을 무렵에는 생각도 못할 결론에 다다라 있었다.

물론 적극적으로 죽이고 싶다고 생각하지는 않았지만, 싸우는 도중에 실수로 살해하더라도 양심의 가책을 느끼지 않을 정도로는 마음에 선을 긋고 있었다.

새삼스럽게 자신의 사고방식이 역시 조금 이상하다고 자각했다.

어떻게 된 까닭인지, 나는 자신의 영역, 소유물, 교우 관계에 있어서 외부의 접촉, 특히 해가 되는 것에 과잉 반응하는 경향이 있었다.

이번 일은 그중에서도 심각했다. 그들은 이미 내 가족이나 마찬가지인 사람을 빼앗으려고 하고 있었다.

어떻게 보면 당연한 반응일지도 모르지만…… 일단 다른 사병은 일 때문에 온 이들이었다. 일이라면 어쩔 수 없지, 응.

그래도 반쯤 죽여 놓긴 하겠지만.

"마지막 어빌리티는 어찌할꼬……."

아무도 없어서 그만 원래 말투가 나와 버렸다.

에이, 이 도시에서 나가면 마왕 룩은 진짜 봉인하자.

더 마음 편하게 있고 싶다고. 그러면 나에게도 친구 한두 명은 분명 생기겠지.

딱히 류에가 부러워서 이러는 건 아니다?

"이거면 되겠지."

선택한 어빌리티는 [칼등 치기].

설사 일격 필살의 위력이라 할지라도 상대의 체력이 1포인트 남게 되는 어빌리티였다.

원래는 무슨 목적으로 존재하는지 모를 어빌리티였지만, 나는 이것을 사용해서 친구 캐릭터의 육성을 돕곤 했다.

적을 마무리한 사람이 가장 많은 경험치를 얻을 수 있어서 제법 유용했다.

문제는 게임이 아니라 이 세계에서 얼마나 효과를 발휘하느냐, 인데…….

"뭐, 최악의 경우 죽여도 죄는 묻지 않을 테니까 괜찮겠지."

왜냐하면, 그것이 『규칙』이니까.

"오늘 이 자리를 찾아주신 여러분, 환영합니다! 오랫동안 본래 역할을 하지 못했던 이 무대! 오늘은 한 여성을 둘러싼, 같은 여자로서는 부러운 시추에이션의 결투가 펼쳐지려 하고 있습니다!"

준비를 마치고 잘 정돈된 무대 쪽으로 향하자 마이크 같은 것을 든 여성 길드원이 인사말을 늘어놓고 있었다.

이곳에 모인 사람들이 모두 이번 일을 알고 온 것은 아니겠지만, 그야말로 구경거리라도 소개하는 말투였다.

불만은 없지만, 꼭 저런 식으로 말해야 하나? 좀 부끄럽다.

"상위 마족 곁에 붙잡혀 있던 공주님! 아름다운 엘프 류에! 그녀를 구하고자 하는 영주의 아들, 탐색가 루벨! 그가 이끄는 수하 열다섯 명의 강인한 장병들입니다!"

어이, 잠깐만, 대놓고 나를 악역으로 만들려고 하잖아?

류에도 안 따지고 왜 쑥스러워하고 있어?

나도 콧대가 높아지긴 하지만!

“양 팀은 준비가 되면 손을 들어주세요.”

“우리는 언제든 상관없어.”

심판의 선언과 동시에 손을 드는 루벨.

이미 승리를 확신했는지, 그 표정에는 희미한 웃음이 번져 있었다.

보나 마나 이 인원을 앞에 둔 내가 기권이라도 할 줄 알고 그러는 거겠지.

“저도 문제없습니다. 언제든지 시작하시죠.”

작전? 그딴 거 없어!

“그럼, 시합 시작!”

단체전은 범위 공격으로 시작하는 게 기본.

“『대지열섬(大地烈閃)』.”

대검술 중 중급에 해당하는 범위 공격을 발동했다.

전력으로 휘두른 탈검에서 땅을 타고 검기가 뻗어나갔다.

가로 폭 20미터 전후, 이 무대 지름의 절반 이상을 차지하는 넓이였다.

이걸 피할 수 있으시려나? 뭐, 공중에 있는 상대에게는 맞지 않는 기술이긴 하다만.

긴 줄넘기를 하듯 일제히 폴짝 뛰어오르는 모습이 떠올라 피식 웃음이 나왔다.

그곳으로 연이어—.

“『플레임 퀸』.”

검을 끝까지 내휘두름과 동시에 마법을 발동했다. 피할 것도 고려해서 추가타를 날린 것이었다.

열파(熱波)를 내는 마법이지만, 어둠 속성을 추가해서 열을 없앴다.

핫핫하! 격심한 숨 막힘을 맛보아라!

여기서 선제공격을 마치고 처음으로 상대의 상황을 살폈다.

어차피 참격을 피해도 마법에 발이 묶이겠거니, 하고 완전히 얕보고는 있었는데…….

“……이게 다 뭐야?”

눈앞에 펼쳐진 것은 무릎 아래로 어마어마한 피를 흘리며 나뒹구는 병사들로, 자세히 보니 그뿐만 아니라 모두 목을 부여잡은 채 필사적으로 숨을 쉬고자 발버둥치고 있었다.

발악하듯 몸부림치며 자신의 피를 온몸에 뒤집어쓰고 구더기처럼 꾸물거리는 수많은 남자들.

……지옥과 같은 지독한 광경이었다.

“이, 이건…… 시합 시작과 동시에 강렬한 참격이…… 모든 것을 쓸어 버렸습니다! 게다가 이 마술은 대체…….”

와
와
와
와
와
와
…
…

마법이다, 마법.

그나저나 이걸 어쩌지? 시합 종료 신호는 아직 나오지 않았다. 아직 더 하라는 말인가?

나는 어중이떠중이는 무시하고 병사들의 뒤쪽, 그 삼인조가 몸부림치는 바로 옆까지 다가갔다.

말을 할 수도 없어 보였기에 우선 마법을 해제했다.

"계속 싸울 거냐?"

"비겁한 자식! 이런 시합은 무효다!"

이 녀석이 무슨 뚱딴지같은 소리야?

일단 만약을 위해서 다른 두 사람에게 눈길을 돌리자 전력으로 고개를 옆으로 젓고 있었다.

"심판, 지금까지 무슨 문제가 있었나?"

"……없습니다."

"들었지? 규칙은 확인했나?"

당신 아버님이 설정한 규칙이라고요.

아마 네가 제안했겠지만.

"그럼 죽어라."

검을 머리 위로 들고 목을 향해 내리쳤다.

하지만, 뭐—.

"잠깐!"

관객석에서 마이크를 통해 들린 외침에 손을 멈췄다.

처음부터 멈출 생각이긴 했지만.

소리의 발원지를 찾자 방금 본 영주 집단의 중앙, 한층 호화로운 객석에 앉은 장년 남성이 지른 소리임을 알았다.

아마도 영주겠지. 자기 자식이 눈앞에서 살해당하려는 판국이니까.

“뭡니까? 저는 규칙에 따라서 결착을 내려고 하고 있습니다만.”

“이미 결착은 나지 않았나?!”

“규칙을 제대로 보셨습니까? ……그럼 좋습니다. 여기서 멈추는 대신 몇 가지 조건을 제시해도 되겠습니까?”

“……뭐냐?”

이 상황까지 와서도 고자세로 나오시겠다? 아, 그러세요?

생살여탈권은 내가 쥐고 있는데, 이상한 이야기였다.

애당초 길드 측은 아직도 말리려고 하지 않았다. 지금 전황이 움직이지 않는 건 내 자비 때문인데도.

“우선 그 마이크를 하나 여기로 던져주시죠.”

인사말 때문에 상당히 인상이 나빠졌으니까 여기서 잠깐 해명해 둘까? 역시 기분 나쁘더라.

“—이와 같은 이유입니다. 이번 규칙도 영주 측에서 정했으나, 저는 사전에 아무런 통지도 받지 못했죠. 그러나 저쪽은 이만한 인원을 모아 왔습니다. 이 사실로 제가 방금 한 말이 모두 진실임을 이해하시리라 생각합니다.”

관객석에서는 길드를 질타하는 목소리와 영주 아들에 대

한 야유가 터져 나왔다.

들어 보니 영주 아들의 횡포는 어제오늘 시작된 일이 아닌 것 같았다.

이거 당장에라도 위쪽에 고발해 버리든가 해야지, 원.

"제가 조건을 몇 가지 제시한다고 했죠? 그럼 나머지 조건은…… 당신 아들의 목숨을 돈으로 환산하면 얼마인지, 지금 이 자리에서 결정해주십시오."

그렇게 말하며 다시 검을 번쩍 들었다.

이토록 제멋대로 굴어도 길드 측은 움직이지 않았다.

자신들의 잘못을 인정했거나, 아니면…… 이제야 내가 류에와 마찬가지로 홀로 조직을 뒤흔들 수 있는 인간임을 이해한 것이다.

이 세계에는 분명히 나처럼 괴물 같은 힘을 가진 인간이 있다.

관리관은 그 사실을 몰랐던 것이리라.

변경이기에 따르는 폐해인가, 혹은 영주에게 거스르지 못해 내린 판단인가.

"비겁하게!"

"작작해. 네 상황이 이해 안 돼? 마음만 먹으면…… 너를 통째로, 아니, 네가 쌓아 올린 모든 것을 부숴 버릴 수도 있다고."

조금 진심을 담아 노려봤다.

마안의 효과로 아주 조금 위압 효과가 올라간 모양이었다.

뭐, 이런 무서운 눈으로 노려보면 나라도 쫄겠지.

그래도 이제 슬슬 나도 인내심의 한계였다.

"확실하게 말해주지. 너는 아들의 목숨을 얼마에 살 거냐?"

"……이 자식, 내가 이대로—."

말없이 검을 내리쳐서 이번에는 상반신에 상처를 입혔다.

어빌리티 효과로 몸이 절단되지는 않더라도 상당히 깊은 상처가 나며 갑옷이 우그러졌다.

이거 즉사만 안 한다뿐이지 그냥 놔두면 출혈 과다로 죽는 거 아니야?

"그래서? 얼마지?"

"알겠, 습니다…… 5천만 룩스입니다."

사람 한 명이 5천만이라고 하신다.

분명히 5천만이면 이 세계에서 검소하게 살아가기에는 충분한 금액이었다.

뭐, 딱히 금액의 문제가 아니니까 이만하면 됐겠지.

나는 당장 정신을 잃을 것 같은 루벨에게 얼굴을 가져다 대고 더없는 모욕과 연민을 담은 목소리로 속삭였다.

"네 가격은 5천만이다. 고맙게도 네 아버지께서 정해주신 가격이야. 흠, 빈궁하게 살면 한 50년 정도 버틸 돈이겠군. 그게 네 가치다."

"……그……런가…… 나는……."

"너는 한평생 검소하게 살아라. 그게 네 분수에 딱 맞으니까. 알았냐?"

정신 공격은 기본. 추격타도 기본.

절망하여 흐리멍덩한 눈으로 눈물을 흘리는 그 모습을 보고서야 겨우 울분이 가셨다.

이거, 이번 일이 끝나도 멀쩡한 가족 관계로 돌아가기는 틀렸겠다.

"심판, 항복은 못 하겠지만, 이렇게 되면 시합을 계속할 수 없어. 그쪽에서 판단해줘."

"……승자, 카이!"

아, 속 시원하다.

"류에, 오래 기다렸지? 너 때문에 일이 이렇게 커졌잖아."

"미안해. 설마 이런 소동이 벌어질 줄은 몰랐어. 나는 조금 싸우면 꼬리 내리고 도망칠 줄 알았어."

"그 자리에서 바로 결착을 지을 수 있었다면 그랬겠지. 그래도 명색이 영주 아들인데, 조금 더 생각해서 처신하는 편이 좋았을지도 모르겠어."

"……정말로 미안."

나는 길드의 제지도 모두 뿌리치고 단상의 류에를 맞이하러 갔다. 류에는 바로 범위 마법을 사용해 무대 위에 있는 모든 사람들을 치료했다.

이것이 본래 류에의 특기였다.

성기사는 다름 아닌 치료의 전문가 『신관』을 최고위까지 육성해야만 하는 직업이니까.

다만 그 세 명만은 최소한으로 치료하고 말았다는 모양이었다.

무서운 아가씨일세, 부모 얼굴이 보고 싶다.

"류에, 거울 가지고 있어?"

"응? 난데없이 왜 그래?"

"됐어, 아무것도 아냐. 그럼 영주에게 가 볼까?"

아무리 영주라도 이미 시합이 끝났다고 해서 거만하게 나오지는 않았고, 그저 겁먹은 분위기로 나의 요구를 확인했다.

나는 나대로 행여나 놓칠세라, 그 길로 영주의 저택까지 동행하기로 했다.

이 세계에 은행은 없나?

한편, 관객들은 내가 시합에서 보인 너무나도 무자비한 행태와 요구에 완전히 겁을 집어먹은 눈치였다.

그래도 길드에 소속된 사람들에게는 성대하게 환영받았고, 또 그렇게 생각해서 그런지는 모르겠지만, 직원들도 후련한 표정을 보이고 있었다.

관리관의 경우는 기대가 완전히 어긋난 탓에 되레 체념할 생각이 들었는지, 군말하지 않고 이번 일과 영주에 관해서 길드 상층부에 보고하겠다고 했다.

"그나저나 5천만이라. 대단한데? 카이 군. 한순간에 내 벌이를 뛰어넘어 버렸어."

"아마 마음만 먹으면 더 뜯어낼 수도 있을걸? 누가 뭐래도 이곳에는 소금이 있어. 교통편을 생각하면 보존 식품의 수요도 높을 테니까 소금의 가치는 상당히 높지 않을까?"

"그런가? 나는 잘 모르겠어. 하지만 돌이켜 보면 다들 이곳의 음식은 다른 도시보다 맛있다고 했었지."

"역시 그렇군. 하지만 여긴 변두리니까 큰 도시에 가면 맛도 별 차이 없을 거야."

류에의 공물에 있는 수많은 조미료가 그 근거였다.

무사히 5천만 룩스라는 대금을 손에 넣은 나는 그것을 곧바로 아이템 박스에 넣었다.

그러자 메뉴 화면에 있는 소지금 표시가 게임 시절의 단위에서 현재의 룩스로 변했다.

그럼 지금까지 있던 소지금은 어떻게 된 것일까?

뭐, 어차피 못 쓸 테니까 상관없나?

처음 도착한 도시에서 이런 소동이 벌어진 것은 뜻하지 않은 바였으나, 이번 소동은 일단 이렇게 막을 내렸다.

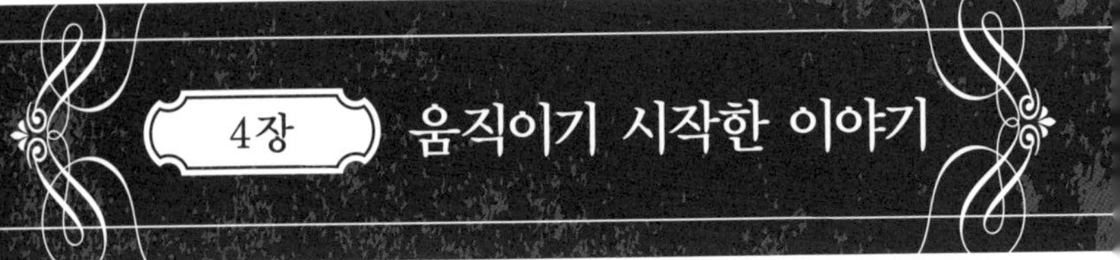

# 4장 움직이기 시작한 이야기

솔트버그에 체류한 지도 약 한 달이 지났다.

그 소동이 있고 나서 나에 대한 세간의 평가가 정말로 『마왕』이 되어 버린 것 외에는 특별히 이렇다 할 일도 없었으며, 내 실력이 알려지기도 하여 해코지를 하는 사람도 전혀 없었다.

하지만 굳이 말하자면—.

“카이 님. 오늘은 카이 님이 직접 나서실 만한 의뢰가 없습니다.”

“카이 님~! 오늘 점심 먹을 가게 예약해 뒀어요~.”

“카이 님, 오늘 밤에 무슨 예정이 있으신가요? 혹시 괜찮으시면 저희와 함께—.”

마을에 있는 마족들(80퍼센트가 여성)이 추종자처럼 따라붙게 됐다는 점이라 할 수 있겠다.

고개를 돌리면 정말이지 하렘의 주인이라도 된 기분이었다.

누구랄 것 없이 모두 볼륨 있는 몸매를 자랑하며 그것을 아낌없이 나에게 가져다 대고 밀착했다.

솔직히 좋아 죽겠습니다. 하지만 여기서 내 사회적 이미지를 붕괴시킬 수도 없는 노릇인지라 오늘도 나는 신사적으로 대응할 따름이었다.

“그래서, 참지 못하고 쫄래쫄래 따라간 거야?”

“면목 없습니다. 그게, 저도 남자다 보니…….”

“내가 찾았으니까 망정이지, 그대로 있었으면 카이 군은 확실하게 끌려갔어. 이런 재미없는 이야기가 또 있으려고.”

보이지 않는 힘이라도 작용하는지, 『그런 일이 일어나기 전』에 무조건 류에에게 발각되어 연행되고 말았다.

하지만 솔직히 이제는 활동하기도 어려워졌고 일의 흐름도 제법 파악했으니까 슬슬 떠날 때가 된 것일지도 모르겠다.

“좋아, 그럼 슬슬 이 도시를 떠날까?”

“음? 괜찮겠어? 치켜세워 주는 사람이 없어질 텐데?”

“……함께 여행하는 소중한 동료가 있으면 만족해.”

“카이 군…… 멋진 말을 하는 건 좋지만 그 눈물은 닦고 말할래?”

제기랄.

다음 날.

옆 도시로 가는 상인의 호위 의뢰라도 없을까 하여 스스로 게시판을 살폈다.

이렇게라도 하지 않으면 추종자를 포함한 일부 직원까지도 노골적으로 내가 이곳을 벗어나는 의뢰를 숨기기 때문이었다.

그래서 실제로 스스로 찾아봤더니 역시나 있었다, 호위 의뢰가.

『마인즈밸리까지 호위 임무. 정원 2명.』

그 의뢰서를 떼서 류에와 함께 접수처로 갔다.

덧붙여 오늘은 남성 직원이 있는 창구였다.

"미안한데 이 의뢰에 관해 상세하게 듣고 싶어."

"카이 님께서, 말씀이신가요? 그러기에는 너무 쉬운 일이 아니겠습니까?"

"……그건 그쪽에서 정할 일이 아니야. 설명해."

"죄, 죄송합니다."

길드가 다 한통속인가?

그 후 자세한 설명을 듣자 출발은 오늘이라고 했다.

정원을 오버하게 된다기에 나와 류에는 두 명이 한 사람의 보수를 받겠다고 상인에게 전해 달라고 부탁했다.

"그런 고로 오늘 정오에 나와 류에는 이곳을 뜰 거다. 여러모로 편의를 봐줘서 고마웠어."

"그, 그럼 저희도—!"

"아니, 나는 원래 류에 한 사람만 있으면 충분해. 미안하지만 여행 동료를 늘릴 생각은 없어."

"그, 그러신가요……."

나를 따르며 호의를 보여준 이들에게 아무 말도 하지 않고 훌쩍 떠나 버리는 것도 미안해서 추종자 중 리더(?) 같은 여성에게 보고했다.

이 아이도 나와 마찬가지로 날개가 달린, 강한 혈통을 가진 사람이라는 것 같았다.

……나는 일단 휴먼이고, 단 한 번도 마족을 자칭한 적도 없지만.

"카이 군, 떠날 준비는 다 됐어?"

"그래, 인사를 마치고 온 참이야. 그럼 숙소로 돌아가서 짐을 정리하자."

"류에 님…… 저희는 류에 님이 부러워요. 모쪼록 카이 님을 잘 부탁드릴게요."

"두말하면 잔소리지. 안심해. 카이 군에게 이상한 여자가 달라붙게 하지는 않을 테니까."

그쪽이 우리 어머니세요?

그리고 이상한 남자를 달고 온 사람이 누군데?

숙소로 돌아온 나는 오랜만에 마왕 세팅을 해제하고 평범한 복장으로 돌아왔다.

일단 여행을 하는 데 문제가 없고 전투도 할 수 있는 복장이었다.

……색이 검정 일색인 것은 애교로 봐 달라고.

여기서 다시 스테이터스를 확인하면—.

【Name】 카이본
【종족】 휴먼
【직업】 탈검사, 권투사 (50)
【레벨】 399
【칭호】 영락없는 마왕
신을 울린 자
용제를 도륙한 자

【장비】
【무기】 탈검 브란트
【머리】 없음
【몸】 여행자 코트 (검정)
【팔】 레더 건틀릿 (검정)
【다리】 레더 그리브 (검정)

【플레이어 스킬】 어둠 마법, 얼음 마법, 불 마법
검술, 장검술, 대검술, 찬탈(탈검 사용시)
격투술
【웨폰 어빌리티】 [생명력 극한 강화]
[기척 탐지]

**[행운]**

**[이동 속도 2배]**

**[민첩 +15%]**

**[경직 감소]**

**[회복 효과 범위화]**

**[]**

물론 안에 입은 옷도 검정색입지요.

그나저나 어빌리티 구성은 이미 이것으로 정착됐는걸.

재미가 없다는 것이 문제지만.

이 세계에 와서 어빌리티가 더 늘어날 줄 알았는데 어떤 마물을 쓰러뜨려도 습득하는 일이 없었다.

슬슬 좀 별난 게 갖고 싶은데…….

구체적으로 말하자면 상대방의 능력을 해석할 수 있다거나 그런 거.

"거기까지 바라면 욕심이지."

장비 확인을 마치고 체크아웃을 한 우리는 상인과 다른 한 명의 호위와 합류해 도시를 떠나게 됐다.

다른 한 호위는 『무스타』라는 이름을 가진 휴먼 남성이었는데, 보아하니 나나 류에에 관해서도 모르는 눈치였다.

아마 이 도시에 온 지 얼마 되지 않았던 거겠지. 다만 상인은 나를 잘 아는 모양이라—.

"카이 님과 류에 님이 호위를 맡아주시다니, 의뢰비를 더 얹어 드려야겠군요!"

"아뇨, 사전에 전한 대로 두 사람 합쳐서 2만이면 문제없어요. 그리고 님은 붙이지 마시고요."

"두 분은 유명한 사람인가 봅니다?"

"아니야. 나나 카이 군은 그냥 여행자야. 길드에서 의뢰에 조금 힘을 썼을 뿐인……."

이제 주변의 시선을 신경 쓸 필요도 없으니까 편하게 가볼까?

옆 도시라고는 해도 그 거리는 마차로 나흘이나 걸릴 만큼 떨어져 있었다.

다행히 치안도 썩 나쁘지 않아서 항상 마차 밖에서 경계할 필요도 없었다. 교대로 마부석에서 고삐를 잡고 나머지 인원은 마차 안에서 지내는 식이었다.

그렇게 아무 일도 없이 나흘이 지나고, 저녁이 되었다.

"무스타 씨, 혹시 저기에 보이는 게……?"

가도 끝에 보이기 시작한 큰 절벽.

길을 잘못 들었나, 하고 한순간 생각했으나, 길을 따라가자 그 절벽이 끊기고 거대한 도시가 눈에 들어왔다.

양옆이 벼랑에 둘러싸여 볕이 잘 들지 않아 보였지만, 어딘지 모르게 비밀 기지를 연상하게 하는 그 도시의 위용은 남자의 마음을 자극했다.

설레는 마음으로 골짜기 사이를 지난 우리는 마침내 다음 도시인『마인즈밸리』에 도착했다.

“그럼 저랑 류에는 바로 길드에 가 봐도 괜찮겠죠?”

“예, 여기부터는 무스타 씨가 상회까지 동행해주시니 괜찮습니다.”

“도시 안에서는 웬만하면 문제가 안 일어나니까요. 하지만 최근에는 광산 방면에서 마물 피해가—.”

의뢰도 완료했기에 헤어지기 전에 말을 몇 마디 나누던 그때였다.

상점이 줄줄이 늘어선 대로에서 기골이 장대한 거한이 급박한 표정으로 달려가는 게 보였다.

무스타 씨는 그 모습에 눈살을 찌푸리며 또 시작이라고 중얼거렸다.

“……마물이 나왔나 보군요. 가끔 저렇게 광부가 피해를 보는데, 최근 몇 개월 사이 그 빈도가 부쩍 늘었지 뭡니까.”

그 말은 도시와 제법 가까운 곳에 마물이 출현했다는 소리 아닌가?

조금 전부터 무장한 사람이 보인다 싶더니 그런 사정이 있었나.

살짝 귀를 기울여 보자 역시 들려오는 소리는—.

“이번에는 몇 번 갱도야? 또 4번이야?”

"아니, 어제 길드에서 통행금지를 해제한다고 발표했어. 아무리 그래도 바로 마물이 솟아나진 않겠지."

이미 일상의 일부가 된 분위기였다.

우리는 일단 무스타 씨와 헤어져 조금 음울해진 거리를 걸었다.

보수를 받으러 길드에 가자 그곳의 간판에는 『마인즈밸리 모험가 길드』라고 쓰여 있었다.

한 번 더 말하겠다. 『모험가』다. 드디어 왕도 판타지의 정석, 모험가의 칭호를 손에 넣을 기회가 온 것이다.

그래, 종합 길드라는 건 솔트버그의 독자적인 조직이었구나.

그러고 보면 전투와 무관한 의뢰가 상당히 많았지.

방금 있었던 일 때문에 조금 침울해졌던 기분이 다시 들떴다.

"카이 군, 기뻐 보이는걸? 그렇게 모험가를 꿈꿔 왔어?"

"아니, 뭔가 이게 빠지면 섭섭하다고 해야 하나? 랭크 같은 것도 정하고 그러지?"

"그러고 보니 그런 것도 있었지……. 나는 어떻게 취급받을까?"

건물은 그다지 크지 않았고 문을 열자 제법 많은 시선이 모여들었다.

접수처로 가서 카드를 제시하자, 아니나 다를까 아직 모험가로 등록되어 있지 않았기에 정식으로 등록을 부탁했다.

그런데—.

“류에 님. 잠깐 여쭙고 싶은 일이 있으니 응접실로 와주시겠습니까?”

“죄송합니다. 그 사람은 제 동행인데, 무슨 문제가 있나요?”

“류에 님의 카드에 관해서 조금 여쭙고 싶어서요.”

“나는 가도 괜찮지만, 이 사람과 함께 가도 될까?”

“류에 님이 괜찮으시다면…….”

흠, 설마 그 영주 아들이 무슨 수작이라도 부린 걸까?

만약 그렇다면 이번에야말로 처리해야겠지.

“실례합니다.”

안내받은 응접실에는 이미 한 노인이 있었다.

아마도 종족은 엘프. 그런데도 노인이라면 어마어마한 고령일 것이다.

“잘 오셨습니다. 오랜만에 뵙는군요, 세미엘 님.”

“나를 알고 있다는 말은…… 너는 누구지? 대답 여하에 따라서 내 옆에 있는 카이 군이 가만히 있지 않을 거야.”

“거기서 왜 날 들먹여? 응? 그래도 엘프라고 하면…… 설마…….”

류에를 속이고 떠난 엘프의 생존자인가?

엘프에게 죽음을. 자비는 없다#10.

그런 생각에 이른 나는 검에 손을 댔다.

"……당신이 노여워하는 것도 당연합니다. 소개가 늦었군요. 저는 『크롬웰 아이소드 리히트』입니다."

"리히트? 그럼 너는…… 나와 함께 남은 일족의 후예인가?"

"제가 태어난 직후 어머니께서는 그 숲을 떠나셨습니다. 갓난아이에게 그 기후는 혹독하다고 판단하셨던 거겠죠. 그래도 지금까지 이렇게 도시에서 살아온 점에는 변함없습니다. 뭐라고 사과를 드려야 좋을까요?"

"아니야, 됐어. 오히려 자손이 남아 있어서 기뻐. 게다가 갓난아기였다고는 하나 나와 같은 시대를 산 얼마 되지 않는 동료지 않나."

"저를, 동료라고 불러주시는 겁니까! 죄송합니다. 정말로 저에게 힘이 없었던 탓에……."

아무래도 류에를 위해서 남은 일족의 후예, 류에가 있던 그 숲에서 태어난 엘프 같았다.

그나저나 앞에 있는 할아버지가 아기였을 무렵이라니, 새삼스럽게 류에가 할머니란 사실을 인식하게 됐다.

"뭘 그리 절실하게 고개를 끄덕여, 카이 군…… 에잇!"

"아야! 갑자기 무슨 짓이야?"

"그런데 류에 님, 이쪽에 계신 분은…… 게다가 류에 님이 이곳에 계신다는 건— 칠성 님은 무사히 눈을 뜨셨습니까?"

---

**#10 엘프에게 죽음을. 자비는 없다** 소설 『닌자 슬레이어』에 등장하는 대사 「닌자에게 죽음을. 자비는 없다.」의 패러디.

"……뭐?"

칠성 님? 눈을 떠? 무슨 소리야?

그건 해치워야 할 적이잖아?

§ § §

자리에 앉아 기분을 가라앉히고 크롬웰 씨에게 설명을 요구하자 그는 친절하게 사건의 발단을 알려줬다.

"약 400년 전 일입니다. 신탁이 내려왔죠. 칠성을 눈 뜨게 해서 그 힘을 빌려 세계를 안정시키라는 것이었습니다."

"그게 무슨 말이지? 칠성은 보이지 않는 신이 남긴 과거의 비극이야."

류에가 날이 선 목소리로 받아쳤다.

"네. 하지만 신탁에서는 오랜 봉인으로 그 저주가 풀렸다고 합니다."

"……그럴 리가 없어. 그 녀석의 의지는 봉인하던 내가 가장 잘 알아. 놈은 마지막까지 자신들이 이 세계를 지배해야 마땅하다며 저주처럼 울부짖었어!"

"아니…… 하지만 저희가 들은 이야기로는—."

잠깐만, 이거 위험하지 않아?

나, 그 녀석 죽여 버렸는데?

이제 와서 이러기야? 이거 진짜 어떡하지…….

"나는 살아 있던 놈에게 직접 들었어. 신탁? 그 신탁을 내린 건 누구야? 그 보이지 않는 신인가? 그걸 들은 사람은 대체 누구고?"

류에의 말투가 평소와 조금 달랐다. 어렴풋하게 증오를 품은, 험악한 분위기를 띤 목소리였다.

"어떤 나라의 신관이라고 합니다……. 그자가 말하기로는 이 땅을 혼돈에 빠뜨렸다고 전해지는 보이지 않는 신이 아니라 우리가 숭배해야 할 이 세계에 본래 존재한 창조신이 분명했다고……."

"본래 존재한 창조신? ……그 신관은 1천 년도 더 지난 창세기를 살아 본 적도 없는 아이 아닌가? 하물며 본래의 창조신이란 건 아무도 보지 못했잖아. 그런데 그런 인간의 말을 어떻게 믿을 수 있지……? 칠성은 우리가 사력을 다해서 봉인한 상대야. 애당초—."

애당초 창세기란 무엇인가.

그리고 칠성이란 본디 어떠한 것인가.

류에는 그 이야기를 자세히 설명했다.

현재를 사는 이가 모르는 싸움의 역사를…….

내가 모르는 격동의 시대, 반쯤 옛날이야기로 변해 버린 신예기와도 다른, 실제로 일어난 거대한 전란의 시대를—.

"칠성은 신예기를 지배하던 보이지 않는 신이 이 세계에 남긴 저주의 쐐기야. 나는 자세히 모르지만, 그건 세계를 창조한 신이 아니라 단순한 지배자, 말하자면 굴러 들어온 돌에 불과했다고 하지. 나는 알아. 보이기 않는 신이 세계에 보낸 칠성은 결코 그런 이로운 존재가 아니야. 당시 우리 엘프와 모든 종족이 손을 잡고도 쓰러뜨리지 못했고, 결국에는 아군 진영이 와해되고 서로에게 등을 돌리는 가운데 아슬아슬하게 봉인할 수 있었던 상대야."

당시 일을 떠올렸는지, 류에의 표정은 험악했다.

후회도 있을 것이다. 분하고 슬프기도 할 것이다.

류에는 그런 아슬아슬한 상황 속에서 자신을 희생함으로써 그 격동의 시대에 종지부를 찍었으리라.

다시 말해 류에는 창세기의 막을 내린 존재였다. 그런데 어디서 튀어나왔는지 모를 신관이 「이미 정화됐다」라고 말하니 당연히 받아들일 수 없을 것이다.

"그 시대는 참담했어. 모두 피폐해졌고, 서로에게 애먼 화풀이도 하고, 저마다 마음대로 조직을 세우고…… 그래도, 그럼에도 어떻게든 봉인할 수 있었어. 그래서 그때의 조직이 아직 남아 있고, 이렇게 길드나 나라가 남아 있는 거야……."

나와 크롬웰 씨는 긴 이야기를 마친 류에를 침통한 얼굴로 바라보았다.

그리고 크롬웰 씨가 다시 조심스럽게 입을 뗐다.

"……그 신관은 창세기를 산 신관의 후예라고 자신을 소개했다고 합니다. 그 신관에게 전승된 술식으로 『이계』에서 칠성 해방의 사명을 띤 자들이 400년 전부터 지금까지 몇 번이나 소환되었죠. 그리고 그 역사 속에서 무사히 두 칠성을 깨우는 데 성공했습니다."

"뭐라고?! 그곳은 어떻게 됐지?!"

"지극히 안정적입니다. 두터운 가호 아래 초목이 무성히 자라며 마물이 날뛰는 일도 없어졌다고 들었습니다."

"설마, 그럴 리가……."

이거, 상황이 심상치 않은데…….

하지만 류에의 모습을 보건대 그 용신이 재앙을 일으켰을 것은 사실일 터였다.

그렇다면 정말로 칠성 중 둘은 보이지 않는 신의 주박에서 벗어났다는 뜻일까?

"이야기 나누시는 중에 죄송합니다. 혹시 칠성의 힘 서열은 아시나요?"

"그러고 보니, 카이본 님이라고 하셨던가요? 류에 님과는 어떤 관계신지……?"

"카이 군에 관한 설명은 나중에 해도 될까? 나도 칠성에 대해 듣고 싶어."

"알겠습니다……. 칠성은 1부터 7까지 큰 숫자일수록 힘이 강해진다고 들었습니다. 류에 님께서 봉인하고 계시던 용신은 『7』, 용과 보이지 않는 신, 그 양면을 함께 지닌 최강의 존재라고 전해집니다.”

“그렇군. 그렇다면 다른 칠성보다 신의 영향이 강했을 가능성은 있었을지도 몰라. 적어도 나는 1천 년이 넘도록 항상 악몽에 시달리며 머리맡에서 저주 섞인 말을 들으며 지내왔어.”

뭐라고?

1년 동안 나와 지낸 나날 속에서도 항상 그런 악의에 휩싸인 채 살아왔단 말인가?

곁에 있었으면서 나는 아무것도 깨닫지 못했다니…….

그래서 류에는 그토록 나에게 마음을 열어줬던 것인가……?

“금시초문이야, 류에.”

“이제 와서 아무렴 어때? 요컨대 적어도 용신은 다른 칠성보다 힘이 강했고, 해방시켜도 될 존재가 아니었다는 거야. 실제로 그 숲은 다른 장소에 비해서 압도적으로 마물이 강해. 그게 무엇보다 확실한 증거야.”

“그렇군요……. 류에 님이 말씀하신다면 틀림없겠죠. 듣고 보니 수백 년 동안 해방에 성공한 칠성은 『1』과 『2』뿐이었습니다. 신의 진의는 둘째치더라도 이 둘만은 주박에서 해방된 건지도 모르죠. 그렇게 생각하면 그 추론도 진실미가 느껴지는군요…….”

“어쨌든 만약 다른 칠성을 해방시키려고 한다면 나도 보러 가는 편이 좋을지도 모르겠어. 게다가 보이지 않는 신이 칠성을 해방하도록 신탁을 내렸다는 이야기도 신경 쓰여…….”

“그렇군요. 그런데 칠성이 해방해선 안 될 존재라면 류에 님이 이곳에 계신 이유는 대체…….”

「다시금 봉인했다」거나 「희생양이 필요하지 않은 방법이 있다」는 식으로 둘러대 주세요. 제발 부탁합니다.

아, 근데 이 사람이 잘 말해주길 기대했다가 요전에 결투까지 치렀지, 아마……!

밑져야 본전이라는 생각으로 눈짓해 봤다. 그리고 예상대로 사람을 불안하게 만드는 자신만만한 표정!

“후후, 용신은 이제 없어. 해치워 버렸거든.”

“뭐라고요?! 말도 안 됩니다! 그게 어렵다는 건 창세기를 살아온 류에 님이 가장 잘 아시지 않습니까!”

“아니. 확실히 죽었고 유해도 확인했어. 그리고 그걸 쓰러뜨린 건—.”

“류에, 이야기가 갑작스러워서 크롬웰 씨가 놀랐잖아. 우선은 진정시키고 보자.”

나는 목소리를 낮춰 당부했다.

“류에, 진짜 부탁 좀 하자.”

“응? 아, 물론이지. 나도 경험을 통해 배웠으니까.”

그리고 다시 크롬웰 씨를 보았으나 아직도 혼란스러운 분위기였다. 류에는 빤히 크롬웰 씨를 바라보며 차분한 어조로 말문을 열었다.

"우선 너는 창세기가 시작된 그때 왜 칠성이 나타났는지, 그 이유를 알아?"

"그건 신예기라고 불리는 전설의 시대 이야기인가요?"

"그래. 창세기가 있기 전, 아득히 먼 옛날에 그 시대는 엄연히 존재했어. 그리고 초대 칠성은 분명히 토벌되었지. 그러니까 지금 이 시대에서 토벌되었다고 해도 이상한 이야기는 아니야."

"하지만 그건 그 시대의 종족들이 지금 우리보다 훨씬 우월하였기에…… 설마 류에 님은……?!"

"맞아. 나는 그 시대부터 살아왔어. 그렇지 않으면 이런 모습을 유지하며 살 수 있을 리 없지 않겠어?"

"그랬었군요……. 옛날 엘프 족은 왜 그런 사실도 깨닫지 못하고 류에 님께 그런 일을 저질렀던 걸까요……. 류에 님의 힘만 비축했더라면 굳이 봉인하지 않아도 됐을 것을……."

"아니, 착각하지 마. 해치운 사람은 내가 아니라 옆에 있는 카이 군이니까."

"야, 인마, 잠깐만—."

지금까지 이야기를 끌어 놓고 왜 그렇게 돼?

그대로 자기 공적이라고 해 달라고요!

그쪽이 설득력도 있을 텐데!

"카이 군은 나와 마찬가지로 신예기의 사람이야. 심지어 그 시대의 영웅, 해방자 카이본 본인이지!"

"갑자기 웬 입방정을 떱니까, 입방정을! 그 경험으로 대체 뭘 배우셨나 모르겠네?!"

무심코 손이 나갔다. 받아라, 필살 강제 합죽이!

"부~우~! 무슨 짓이야, 카이 군! 카이 군의 힘을 알기 쉽게 똑바로 전했잖아!"

"아니야! 그게 아니라고! 왜 내가 했다고 자백하냐는 말이야!"

"응? 전에 그 일도 사전에 네가 굉장히 강하다는 사실을 알려줬다면 그런 일이 벌어지지는 않았을 거 아니야?"

류에는 진심으로 이해가 가지 않는지 어리둥절하게 나를 봤다.

아, 정말 얘는 왜 이렇게 귀엽냐……가 아니라 왜 이렇게 멍청하냐!

"지금 하신 이야기가 사실입니까……?"

"에휴, 사실이에요. 그 용신 때문에 류에가 옭아매어 있는 게 불쌍해서요."

"어떻게 그런 일이…… 그렇다면 그걸 증명할 물건…… 예를 들면 봉인의 쐐기가 된 신체(神體)를 가지고 계십니까?"

그건 또 뭐야?

그 뿔로는 안 되는 걸까?

"아, 그러고 보니 그런 것도 있었지. 카이 군, 놈이 무기를 떨어뜨리지 않았어? 대단히 귀중한 무기라고 하는데."

"아, 그거?"

나는 메뉴 화면의 아이템 박스에서 그것을 선택해 실체화했다.

속이 비칠 듯한 푸른 칼집에는 마치 얼음으로 그린 것 같은 투명한 사슬이 새겨져 있었다.

시험 삼아 칼을 뽑아 보자, 역시나 사람의 눈을 사로잡을 만큼 아름다운 짙은 청색의 날이 어떤 소리도 내지 않으며 자태를 드러냈다.

**『신도 〈용선〉』**

엘프들의 소망의 결정체인 신체(神體).

아득한 세월에 걸쳐 용신의 힘을 억눌러 온 칼날은 이윽고 한 여성의 기도와 함께 신기(神器)로 승화했다.

공격력: 1,095

마력: 2,050

공격 속성: 얼음, 신

이게 뭐야?

내 탈검을 쓰레기로 만드는 성능이잖아.

"이거 말인가요?"

"오오…… 정말로 전승으로 듣던 그대로입니다. 정말로, 정말로 해치울 수 있었군요……."

"카이 군, 그거 잠시 빌려줘, 됐으니까 빌려줘."

류에가 갈취하다시피 칼을 가로채 갔다.

황홀하게 칼을 바라보는 그 모습은 살짝 위험한 사람 같았다.

아, 맞아. 이 사람 파란색을 좋아했지. 하여간 못 말려.

"이건 내 마력과 용신의 힘의 결정 같은 거로군. 그런 고로 이거 나한테 줄래?"

"좋아."

"……어, 정말로 괜찮아?!"

"난 내 칼이 있으니까. 그리고 척 봐도 너한테 어울리기도 하고."

류에는 여전히 로브를 입고 있었다.

그 색은 새삼 설명할 필요도 없는 하늘색이었으며 안쪽에 입은 옷도 흰 블라우스와 푸른 스커트였다.

다만 갑옷 종류는 전혀 장비하지 않아서 정말로 순수하게 마도사로만 활동하는 듯했다.

"나는 사실 검도 잘 다루는데 아주 오래 전에 애검을 망가뜨려 버렸지 뭐야. 그 이후 마법만으로 싸워 왔지만, 이 검이라면 내 마력과 검술에도 버틸 수 있겠어."

"그런 이유였어?"

아아…… 당시의 노력이 떠오른다.

· 빌어먹게 낮은 확률로 나타나는 레어 몬스터에게서 빌어

먹게 낮은 확률로 드롭되는 레어 소재.

그것을 머리가 멍해질 만큼 쏟아부으면 머리가 멍해지는 확률로 무기가 탄생한다.

더불어 거기에 정신 나간 성공 확률의 강화를 거듭하고, 마지막으로 다시 빌어먹을 확률로 얻을 수 있는 레어 소재를 쏟아부어서 진화시킨다.

……아마 그 게임에서 그 고행을 극복한 사람은 나를 포함해서 한 손으로 꼽을 정도밖에 없지 않을까?

그리고 그걸 부러뜨려 버렸단 말입니까, 이 아가씨야!

"망가뜨린 검은 어떻게 됐어?"

"응? 봉인 비슷한 방법을 썼는데, 혹시 고칠 수 있어?"

"못 고쳐. 나는 생산 계열은 문외한이야. 친구라면 고칠 수 있을지도 모르지만."

정확히는 그 친구가 그 검을 만들었죠.

그 성능은 분명히…… 아, 안 돼, 방금 건넨 신도보다 약해.

울고 싶다.

"저기, 그래서 저는 이 사실을 어떻게 하면 좋을까요?"

"아, 깜빡했군. 지금 들은 이야기는 비밀로 부탁할게. 카이 군은 일을 크게 벌이고 싶지 않은 모양이니까."

"원인은 제게도 있지만 석연치 않아서……. 죄송합니다. 모쪼록 함구해주실 수 있을까요? 정 필요하다면 다른 장소에 다시 봉인했다고 거짓말을 해주시면 좋겠는데요."

"흠…… 솔직히 이 사실을 공표해도 사람들은 믿지 않을 테죠……. 게다가 봉인 장소를 정확하게 아는 사람도 이미 엘프 중에서는 저밖에 남지 않았으니……."

"음? 잠깐만, 크롬웰 군. 그럼 혹시 우리 집 창고는……."

"예. 제가 술식을 고안해서 전 세계 길드에 전파했습니다. 그 후로 수백 년이 지났죠. 진짜 이유를 아는 사람은 적지만, 지금도 모두 여행의 안전, 의뢰 달성을 기원하고자 공물을 바치고 있습니다."

"그랬군. 응, 다시 한 번 감사할게, 크롬웰 군. 덕분에 나는 살아올 수 있었어."

크롬웰 씨의 이야기란 결국 류에가 본인인지 확인하기 위함이었다고 하여 일단 여기서 이야기를 마무리하기로 했다.

나도 류에가 그 사람에게 도움을 받았고 비밀을 공유한 사이기도 하여 무슨 문제가 일어났을 때에는 힘을 빌려주기로 약속했다.

그리고 문제의 모험가 등록이 어떻게 됐느냐면…….

**『카이본』**

**『모험가 랭크 EX』**

아무래도 특별한 랭크인가 보다.

F~A, 그리고 특별한 공적을 쌓아 길드 상층부에 인정받

은 자가 되는 S.

EX는 한 도시의 모험가 길드 길드장일 뿐인 크롬웰 씨의 힘으로 부여할 수 있는 최대 평가였다.

크롬웰 씨가 말하길, S와 달리 능력이나 의뢰 달성도의 지표가 아니라 길드장 직할, 즉, 길드 내에서 어느 정도 권력을 가진 랭크라고 했다.

이 랭크가 있으면 높은 랭크의 의뢰를 받을 때 수속이 면제되며 어느 의뢰라도 우선적으로 받을 수 있고, 더 나아가 길드의 강제 의뢰를 거부할 수도 있다는 것 같았다.

그의 말을 빌리자면 이 지방에 한해서 웬만한 귀족보다도 큰 권력을 행사할 수 있는 위치였다.

그렇지만 단 하나 이해할 수 없는 점이 있었다.

**『류에 세미엘』**

**『모험가 랭크 S』**

“아, 옛날 활동 기록이 남아 있었나 보더라고. 그게 적용됐어.”

“권력으로는 위라도 뉘앙스는 그쪽이 더 높아 보여.”

“후후후, 일단 실무 경험은 내가 더 많으니까.”

류에가 의기양양하게 카드를 보여줬다.

그렇다. 그녀의 길드 카드는 S랭크의 증거인 백은제(白銀

製)였다.

일정 랭크까지는 보통 금속…… 아마도 철제인 것 같지만, 거기서 동, 은, 금, 백은으로 올라간다고 한다.

그리고 내 것은 정체 모를 물질로 된 칠흑의 카드였다.

신용 카드로 따지면 블랙 카드는 갑부의 상징이라고 하니까 이해가 안 가는 건 아니지만…….

"야, 저게 뭐야……? 백은이 이 대륙에 있었어?"

"저 사람, 어디서 온 거야……? 엄청난 미인이구먼그래."

이것 봐, 또 류에만 눈에 띄잖아.

나도 말이죠, 마왕이 아니더라도 한 외모 한다고요.

그런데 모험가는 압도적으로 여성이 부족하단 말이죠!

게임 시절 남녀 비율은 어디 팔아먹었어, 이것들아아아!

길드를 나온 우리는 먼저 크롬웰 씨에게 추천받은 숙소에 방을 잡고 밤거리로 나왔다.

이 도시는 밖에서 본 대로 양옆에 벼랑을 끼고 있으며, 그 벼랑에 굴을 파서 채굴한 광물 자원을 판매해 부흥한 모양이었다.

다만 왜 이런 골짜기 밑바닥에 도시를 세우려고 생각했는지 의문이었다. 방어하기 쉽다거나 그런 이유에서인가?

어쨌거나 그 위치 조건 때문에 이 도시를 거치지 않고는 솔트버그로 갈 수 없으며, 또한 소금 수요도 있어서 많은 상인으로 북적거렸다.

물론 특별히 여행의 목적이 정해지지 않은 우리는 이 활기 넘치는 도시에 잠시 체류하기로 했다.

"그렇게 됐으니까 행동 방침을 정할까 해."

"돈이 있으니까 매일 흥청망청 지내자."

"네, 기각합니다. 타락할 게 뻔히 보여. 할당량으로 한 명당…… 옳지, 이곳의 숙박비를 벌 것."

"이번에도 한 달, 30일간이었지? 그럼 요금은……."

"한 명당 약 2만. 이번에는 제법 좋은 숙소지만 크롬웰 씨 소개로 깎아줬어."

"그렇군. 2만이라면 뭐, 마음만 먹으면 일주일 정도면 벌겠지."

길드 뒤쪽에 난 거리에는 숙소가 밀집해 있었는데, 그 일각에는 방에 욕탕이 딸려 있고 세 끼 식사까지 나오는 고급 여관이 있었다.

물론 귀족이나 상류계층이 묵는 여관은 아니고 벌이가 좋은 모험가들이 이용하는 곳이었다.

저번 도시의 사건도 있어서 그 점을 배려한 선정이었다.

그나저나 어떻게 된 영문인지 또 같은 방이었다.

……그리고 다시 한 번 말하지만, 욕탕이 딸려 있다.

"나는 잠깐 마물을 종류별로 사냥하고 싶은데, 류에는 어떻게 할래?"

"나는 어떡할까……. 함께 가도 되겠지만, 그러면 경쟁이 안 되니까."

"딱히 경쟁하는 건 아니잖아……. 하긴, 함께 있지 않아도 상관없나? 문제를 일으키지만 않으면."

"괜찮아. 이미 나도 바깥 세계에는 익숙해졌다고 자부해. 이 시대에 관해서는 이미 훤히 꿰고 있어."

"그럼 각자 행동하기로 할까? 일단 도시 바깥으로 장기간 나가는 경우에는 연락할 것. 오케이?"

"오케이, 오케이. 그럼 오늘은 함께 밥이라도 먹으러 갈까?"

도시 분위기는 저녁과 밤을 경계로 크게 달라졌다.

아까까지 행상인이 가판대를 벌여 놓거나 바쁘게 오가는 마차와 모험가의 분주한 활기가 흘러넘쳤다면 밤은 또 다른 일면을 보여줬다.

노점이 적어지는 대신 먹거리를 파는 이동식 노점이 늘어났고, 거기에 더해서 조금 거칠어 보이는 광부나 의뢰를 마친 모험가가 패를 지어 큰길을 어정댔다.

간혹 어디선가 싸움이라도 났는지 거친 목소리도 들려 왔다.

그밖에도 명백히 남성을 대상으로 한 여성 상인이나 수상쩍은 상품을 취급하는 노점 등, 조금 전까지와는 180도 다른 별세계가 된 거리에 저절로 눈길을 빼앗겼다.

"카이 군, 여기 대단히 재밌어 보이는데?"

"그러게. 류에, 떨어지지 마."

뒤쪽에서 들려 온 즐거움 섞인 음성에 주의를 촉구했지

만, 이미 돌아오는 대답은 없었다.

불길한 예감에 주위를 둘러보자 아니나 다를까 혼자서 노점으로 돌격하고 있었다.

“카이 군, 이것 좀 봐! 코카트리스의 새끼래! 게다가 색도 알록달록해!”

“말도 없이 혼자 가지 마…… 잠깐, 이거 염색 병아리 아냐?!”

이런 게 아직 있어?! 왜 이세계에 이런 가게가 있냐고!

“여기, 이것 좀 봐봐! 여긴 신기한 걸 만들고 있어! 저게 뭐지? 얼음 마법일까?”

“응? 오, 빙수잖아? 한번 사 볼까?”

하지만 나도 축제를 방불케 하는 거리 풍경에 무심코 마음이 들떠 버렸다.

오늘은 너그럽게 봐 주자.

그 뒤로 가볍게 군것질을 한 후, 이번에는 조금 차분하게 앉아서 식사를 하기 위해 술집을 찾았다.

어떤 가게를 들어가도 만원이더니, 그래도 어떻게든 자리가 남은 가게를 찾을 수 있었다.

“그럼 류에, 오랜만에 예언을 하나 하마.”

“이거 참 뜬금없는걸. 한번 들어 볼까?”

밤의 주점, 그리고 여자 동반.

다음은 말 안 해도 알겠지?

"우선 내가 류에를 데리고 술집에 들어간다. 어느 정도 주목을 모으면서도 자리로 안내받겠지."

"하긴, 카이 군은 상당히 미남이니까. 이해는 해."

"거기에 너도 포함되는데 무슨 소리야? 하여튼 잠시 있다가 술에 취한 남자가 다가와."

"오호라, 나도 그 뒷일이 짐작되는군."

"그래, 즉—."

"괜찮아. 카이 군의 엉덩이는 내가 지켜줄게!"

"뭐래……."

내가 그냥 말을 말아야지. 들어가자.

점원의 안내를 받아 사람들을 피해 안쪽 자리로 들어갔다.

이 가게에는 메뉴가 없었다. 정해진 음식과 간단한 안주가 한 세트로 나오고, 임의로 술을 추가 주문하는 방식이었다.

어떤 것이 나올까 궁금해서 주위를 보자 그야말로 술이 술술 넘어갈 듯한, 간이 진하게 되어 있을 고깃덩이에 채소 튀김으로 보이는 음식, 그리고 얇게 썬 치즈와 채 썬 채소를 번갈아 쌓아 올린 샐러드 비슷한 것이 보였다.

참으로 먹음직스러웠다.

그리고 무엇보다도…… 나는 누군가와 달리 이 세계에 오고 나서 술이라고는 한 번도 입에 댄 적이 없었다.

둘째가라면 서러운 애주가인 내가 말이다.

"기대돼서 죽겠다. 류에는 솔트버그에서 몇 번 마셨지?"

"그래. 나는 오로지 와인뿐이었지만. 뭐야? 카이 군은 술을 좋아해?"

"죽고 못 살지."

술이라면 뭐든 좋아하지만, 내가 특히 좋아하는 것은 일본주였다.

게임 시절에도 친구들이 사는 지방의 특산주 이야기를 들으면 인터넷으로 구해 실제로 마시곤 할 정도였다.

그립다. 역시 개인적으로는 유명 쌀 산지에서 만드는 특산주가 제일—.

"이봐, 형씨. 치사하게 그런 귀여운 아가씨들을 독차지하기야?"

그때 귀에 날아든 저열한 목소리에, 사고의 바다에 빠져 있던 내 정신이 확 깨어났다.

우와, 진짜야? 드디어 내 예언이 들어맞았어?!

"카이 군! 대단해, 처음으로 예언이 맞았어!"

"그런가 보네. 그럼 분위기를 잡고…… 뭐야, 넌—."

"하지만 카이 군, 우리가 아니라 저쪽이야."

"……Oh."

그 목소리는 내가 아니라 방금 막 가게로 들어온 4인조를 향한 것이었다.

"넌 뭐야? 내 여자들한테 손대지 마."

뱃심 좋게 대꾸한 사람은 한 흑발 청년이었다. 그리고 그 뒤로 세 여자를 데리고 있는 모습이 퍽 용사와 그 동료들처럼 보였다.

"여자애가 세 명이면 눈에 띌 만도 해."

"그러게. 그런데 이런 일이 정말로 일어나는구나."

그나저나 저 청년의 얼굴을 자세히 보니 주변 사람보다도 조금 아시아 계통, 일본인을 닮았다.

그리고 그것을 감안하고 보더라도 상당한 미남이었다.

나이는 아마 열일곱이나 열여덟쯤 되지 않았을까?

허리춤에 찬 검은 멀리서 봐도 꽤 명품으로 보이며 뒤에 있는 세 여자아이도 하나같이 제법 미인들이었다.

이거 정말로 크롬웰 씨가 말하던 이계에서 소환된 용사나 그런 것일 가능성이…… 에이, 설마…….

"그런 일이 있을 리가 없—."

"카이 군, 위험해!"

류에의 목소리에 황급히 몸을 꺾자 바로 눈앞으로 검이 스쳐 날아갔고, 이어서 웬 남자가 날아들었다.

그리고 마침 우리 술과 음식을 가져오던 종업원이 거기에 밀려들어 손에 든 것을 죄다 엎어 버렸다.

"쯧, 알았어? 우리에게 손대지 마!"

"렌 님! 다친 곳 없으세요?!"

"괜찮아, 레이나."

거 용사 학생, 소란 피우려거든 밖에 나가서 하면 안 될까?

주변 손님도 생각해라, 진짜.

그래, 마음은 이해해. 여자아이를 데리고 있는데 집적거리면 다소 신경질이 나도 어쩔 수 없지.

없는데, 그렇다고 주변을 살필 여유를 잃으면 쓰겠냐고.

“카이 군, 참아, 참아.”

“아니, 어른으로서 주의 정도는 줘야지.”

자리에서 일어나 아직 여자아이들과 얘기하는 청년에게 다가갔다.

“잠깐 괜찮을까?”

“뭐야! 아직 렌에게 덤비겠—.”

기가 세 보이는 여자아이가 나를 노려보듯 돌아봤다.

그러나 급격히 기세가 꺾였다.

그 대신 청년이 나를 노려봤다.

“넌 또 뭐야? ……아직 우리에게 손댈 작정이냐?”

“아니, 우선 가게를 엉망으로 만들었다고 사과부터 해야지? 그리고 봐, 방금 한 행동으로 음식을 못 먹게 된 사람이 여럿 있다고.”

“뭐?”

눈을 돌리자 나뿐만 아니라 제법 많은 손님들이 원망스럽게 이곳의 상황을 지켜보고 있었다.

테이블 위에 놓인 음식을 못 먹게 된 사람도 제법 있었다. 아마도 남자가 날아간 여파겠지.

"그야 귀여운 여자애를 세 명이나 데리고 있으니까 경계하는 마음은 알아. 하지만 그렇다고 열이 올라서 주변에 폐를 끼치면 안 되지."

"그건 저 인간이—."

"일단 밖으로 나갔어야지. 방법이야 얼마든지 있잖아? 네가 그 성질을 못 참고 이 자리에서 날려 버렸다는 사실은 변함없어."

"으……."

음식에 맺힌 원한은 무서운 법이란다.

내가 군것질을 했으니 망정이지! 만약 쫄딱 굶었더라면 말보다 주먹이 먼저 나갔을 거라고!

……누워서 침 뱉기였네.

"잠깐! 그래서 지금 렌이 잘못했다는 거야, 뭐야?! 변상이라면 저 남자가 해야지!"

"바꿔 말하면 주정뱅이가 조금 집적거렸다고 생난리를 부려서 가게를 엉망으로 만들었어. 이해하기 쉽지?"

"……알았다고! 이봐, 점원! 여기 못 먹게 된 음식과 가게에 대한 변상금이다!"

여자아이가 다시 앙칼지게 나를 쏘아붙였지만, 청년은 내 마지막 말에 겨우 상황을 파악했는지 품속에서 큼지막한 돈 자루를 꺼내서 점원에게 건넸다.

……지금 옷 속에서 자루를 꺼냈는데 아무리 봐도 거기서

나올 수 있는 크기가 아니었다. 이 아이도 메뉴 화면을 열 수 있다는 말인가?

"이제 불만 없지? 젠장, 가자!"

"너, 똑똑히 기억해 둬!"

"죄송합니다……."

"빨리 밥……."

청년이 씩씩거리며 가게를 나가자 일행도 그를 뒤따랐다.

변상도 하게 했으니까 이쯤에서 끝내자.

나는 상황을 지켜보던 사람들에게 감사의 말을 받아 조금 우쭐해진 기분으로 류에에게 돌아갔다.

"헤헤, 아가씨도 이쁜—."

"소오이!"#11

류에 씨, 뭐 하는 거야?!

§ § §

다음 날 아침. 나는 드디어 모험가 길드를 찾았다.

오늘부터 정식으로 모험가로서 활동을 개시한 나는 숙박비를 번다는 명목으로 토벌 의뢰를 닥치는 대로 받고자 이곳에 왔다.

---

#11 "소오이(そぉい)!" 만화 『삐리리~ 불어봐! 재규어』에서 주인공이 다른 캐릭터의 머리에 라면 사발을 내려찍으며 내는 함성. 정발판에서는 「랏차아!!」로 번역되었다.

물론 진짜 목적은『새로운 어빌리티 습득』.

내가 이 세계에 온 후 쓰러뜨린 마물의 종류는 그다지 많지 않았다.

하지만 적어도 용신에게서는 게임 시절에 없던 어빌리티를 얻었다.

그렇다면 아직 내가 모르는 어빌리티를 가진 상대가 있어도 이상할 게 없었다.

“사실 여기서 더 강해져 봤자 뭐 하겠느냐마는…….”

그래도 별난 어빌리티는 가지고 싶은 게 사람 마음 아니겠는가.

『공격한 상대방을 얼린다』거나『공격한 상대방을 회복시킨다』같은 게 있으면 재밌겠잖아?

뭐, 진짜 노림수는『상대방의 스테이터스를 엿볼 수 있다』같은 어빌리티지만.

나는 건물 안으로 들어가서 게시판을 무시하고 똑바로 접수처로 갔다.

“죄송합니다, 현재 나와 있는 토벌 의뢰를 모두 받고 싶은데요.”

“네?! 실례지만, 그건 좀…….”

“이걸 보시죠.”

나는 검은 길드 카드를 건넸다.

「결제는 이걸로」라며 검은 신용카드를 꺼내는 젊은 사장의 기분이었다.

그러자 곧바로 의뢰 준비를 시작했고, 다른 직원 한 명이 부리나케 게시판의 토벌 의뢰서를 걷어 왔다.

그래도 의뢰를 막 받으려는 사람에게서는 빼앗지 않았고, 망설이는 사람에게는 양해를 구한 후 회수했다.

괜한 문제를 일으키지 않도록 배려해주는 대단히 만족스러운 일 처리였다.

"여기 있는 것이 지금 받을 수 있는 토벌 의뢰입니다."

**『케이브 배트 토벌. 보수는 성과급.』**

**『마인 시커 다섯 마리 토벌. 9,000룩스.』**

**『레어 웜 토벌. 보수는 성과급.』**

**『어스 드래곤 발견, 가능하면 토벌. 10만 룩스~30만 룩스.』**

**『갱도 최심부의 붕괴 원인 조사, 마물이라면 토벌.』**

**『폐광에 숨어 있는 언데드 토벌과 최심부 정화.』**

총 여섯 개의 의뢰가 마련되어 그 내용을 확인했다.

마지막 두 개는 조금 까다로울 듯했지만, 기한이 정해져 있지 않은 모양이니까 다음에 류에와 상담해 볼까?

"그럼 다녀오겠습니다."

"정말로 괜찮으신가요……? 아닙니다, 실례했습니다. 조심해서 다녀오세요."

발길을 재촉해 길드를 나가려는데 건물 한쪽 구석에 조그마한 신전? 같은 곳이 보였다.

자세히 보자 모험가들이 공양하며 기도를 올리고 있었다.

아, 저게 류에의 창고로 가는 건가?

그래도 그런 먹다 만 빵이나 부서진 방어구를 바치면 곤란한데 말이죠.

"일단 갱도까지 온 건 좋은데……."

도시 옆 벼랑에 접한 곳을 깎아 만든 경사로를 올라간 끝에 도착한 곳은, 다섯 명이 나란히 서도 될 만큼 폭이 넓은 광산 입구였다.

안쪽으로는 광차(鑛車)의 선로가 깔렸고 조명이 드문드문 빛을 발했다.

바닥에 엎드려 선로에 귀를 대 보았으나 광차가 달리는 소리는 들리지 않았다. 오늘은 광부들이 없나?

그런 그곳으로—.

"뭐요, 형씨. 모험가요? 오늘은 4번 갱도만 아니면 탐색 가능한데, 확인 안 하고 오셨어?"

"응? 아, 제가 여기 온 지 얼마 안 돼서요. 그럼 여기서 마물을 사냥해도 되죠?"

"되지. 빛을 따라가면 도중에 옆으로 구멍이 뚫렸을 거요. 거기부터 앞쪽은 마음대로 탐색하쇼."

조사가 부족했나 보다.

그야 폐광이 아니니까 언제든 자유롭게 탐색해도 될 리가 없지. 그러고 보니 어제 마을에서 누가 그런 말을 하지 않았던가?

탄광의 내부는 상상 이상으로 기온이 낮았다. 코트를 입고 온 나를 칭찬하고 싶었다.

그렇지 않아도 계절은 아직 겨울이니까 추운 것이야 당연하지만, 광부 아저씨들은 저 얇은 옷으로 춥지도 않나?

"또 나왔어. 이것들은 대체 얼마나 있는 거야?"

옆으로 난 어두운 굴로 발을 들인 후로 시도 때도 없이 나타나는 마물이 있었으니, 바로 이 케이브 배트였다.

나는 검을 휘두를 것까지도 없이 그것들을 주먹으로 쳐서 벽까지 날려 버렸다.

그러면 깨끗한 형태를 유지한 두 날개와 제법 높은 빈도로 커다란 송곳니가 남았다.

그런데, 아차—.

"일단 검으로도 해치워 볼까?"

어빌리티 습득이라는 목적을 잊고 있었다.

그리고 그 결과—.

"와…… 너, 인마, 이런 걸…… 잔챙이가 이런 걸……."

**『웨폰 어빌리티 습득』**

**[소나]**

검을 지면에 세워 꽂는 충격파로 주위의 정확한 지형을 파악한다.

엄청나게 유용한 어빌리티를 손에 넣었다.

기척 감지 정도가 아닙니다. 한 번 발동하면 메뉴 화면에 맵이 표시되는 것도 모자라 크기가 어느 정도 되는 마물의 위치까지 알 수 있는 물건이었습니다.

일단 상대의 움직임도 추적해주지만, 일정 시간이 지나면 멈춰 버렸다. 갱신할 필요가 있나?

여하튼 처음부터 이렇게 좋은 게 들어왔으니까 앞으로도 기대해 볼 만하겠다.

그 후, 찾으려면 고생할 것 같던 레어 웜이라는 마물도 맵의 길을 무시하고 부자연스럽게 움직이는 광점(光點)을 쫓다 보니 발견할 수 있었고, 그 녀석이 남긴 아름다운 돌을 대량으로 모을 수 있었다.

다만 마인 시커만은 찾지 못했다. 그래서 의뢰와는 관계없는 거미 마물이나, 아마 고블린으로 생각되는 인간형 마물을 몇 마리 쓰러뜨린 뒤 오늘 탐색을 마치기로 했다.

결국 손에 들어온 어빌리티는 [소나]뿐이었지만, 대단히 유익한 탐색이었다.

"맵을 봤을 때 몽땅 사냥해 버린 것 같기도 하고."

아마도 정기적으로 마물이 나오기 때문에 갱도를 순서대로 파다가 마물이 나온 갱도를 모험가에게 개방하고, 모험가가 마물을 모두 사냥하면 다시 작업을 하는 식이리라.

내일부터는 이곳을 광부가 쓰게 되겠지.

"……케이브 배트 양 날개 379개에 송곳니가 98개. 레어 웜의 결정이 29개. 그리고 의뢰 외의 마물 토벌이 111건인가요……."

"죄송합니다. 마인 시커와 어스 드래곤은 못 찾았어요."

길드에 돌아왔을 무렵에는 해도 저물어 피로한 기색의 모험가들이 잇따라 돌아오고 있었다.

나는 지친 얼굴로 줄 서 있는 분들께 마음속으로 사과하면서 접수처에 의뢰 달성을 보고했다.

그리고 정산을 기다리는 동안 주변 사람들의 이야기를 주워들으니…….

"1번과 2번 갱도 마물이 씨가 말랐다나 봐."

"씨가 말라……? 개방한 지 얼마나 됐다고? 이틀밖에 안 됐잖아?"

"거기다 2번은 케이브 배트 소굴인데 말이야. 설마 한 마리도 없다는 소리는 아니겠지……."

내가 좀 과했나 보다.

"정산 완료되었습니다. 성과급이기 때문에 보수는 이렇게 됩니다.”

“으엉?!”

차곡차곡 쌓여 올라가는 자루. 안에 든 것은 주화일까?

아니, 아무리 그래도 이 양은…….

“이 큰 자루가 1만 룩스 주화, 이 작은 자루가 1천 룩스 주화입니다. 천 룩스 이하는 모두 100룩스 주화와 10룩스 주화로 나눠서 가장 작은 자루에 담아 뒀습니다.”

“……다 합쳐서 얼마죠?”

“케이브 배트 송곳니를 포함해서 986,950룩스입니다.”

“……내역을 들어도 될까요?”

“날개 150룩스, 송곳니 500룩스, 결정 3만 룩스, 의뢰 외 마물은 일률적으로 100룩스로 계산됩니다.”

나는 생각을 그만두고 일단 돈을 받기로 했다.

“실례지만, 길드에 계좌를 만드실 생각은 없으신가요?”

“아, 그게 되나요? 그럼 부탁합니다.”

“금방 되니까 우선 처음에 맡길 금액을 정해주세요.”

“그러면 지금 받은 보수 전부와 4천만 룩스요.”

“네?!”

메뉴 화면 안이라고는 해도 들고 다니기는 무서우니까.

길드 금고와 비교했을 때 어느 쪽이 더 안전한지는 모르겠지만, 계좌라고 하는 것을 보면 이자 정도는 붙겠지.

“저, 저기…… 그 금액이면 조금 시간이…….”

"아, 괜찮습니다. 해주세요."

그 후 정말로 블랙 카드를 손에 넣은 나는 그것을 길드 카드와 함께 히죽히죽 바라보며 숙소로 돌아왔다.

설마 진짜 이세계에 와서 블랙 카드를 가지는 날이 올 줄이야.

이 카드는 길드에 등록된 일부 상점에서 사용할 수 있는 편리한 물건이었다.

길드 게시판은 아날로그식이면서 이런 점은 묘하게 현대적이랄까, 첨단 기술을 엿보게 했다.

아니, 마법의 일종이라면 오히려 고풍적 기술인가?

"응? 문이 열려 있네? 류에는 벌써 돌아왔나?"

하지만 방 안에 류에의 모습은 보이지 않았고, 대신 샤워를 하는 물소리가 들려왔다.

……아, 피곤해라~. 침대에 조용히 누워 있을까……?

아~, 그래도 잠이 안 오네~. 그래도 일단 눈을 감고 있을까…….

"후우……. 응? 카이 군이 돌아왔네."

자고 있습니다. 하지만 일단 무슨 일이 있을 때를 대비해서 살며시 눈을 뜨고 주변 상황을 살피고 있습죠.

"흠…… 일어나~!"

"꾸엑!"

……이 인간이 발가벗고 보디 프레스를 날리고 난리야.

이게 문제야…… 이제 와서 부끄러워하지 않는단 말이지.

그래서 영, 가슴에도 불이 붙지 않는다.

"다 보이니까 좀 가리렴."

"새삼스럽게 지적하면 부끄러우니까 눈 감아."

"그럼 뚫어지게 봐야지."

백옥 같은 피부, 군살 없는 몸매. 여성 특유의 부드러움보다도 근육의 형태가 느껴지는, 얇지만 탄탄한 허벅지.

복근의 선이 어렴풋이 보이는 날씬한 허리에, 볼륨이 있다고는 말하기 어려운 가슴과 그 정점에 있는 옅은 빛깔의—.

"보지 마!"

"꾸엑!"

드디어 수치심을 갖게 됐다니 아빠는 기쁘구나—.

"잘 잤어? 카이 군."

"설마 내가 기절할 줄은…… 역시 류에는 류에야."

수치심은 [생명력 극한 강화]마저 타파하는가.

"류에, 오늘 의뢰는 어땠어?"

"응? 나 말이야? 듣고 놀라지 마시라! 하루 만에 숙박비를 벌어 버렸어."

"오, 제법이네."

"우……, 어쩐지 반응이 시원찮은걸."

그야 뭐, 나도 벌었으니까.

"실은 오늘 의뢰를 받을 때 가장 수익이 좋은 것만 골라잡았어. 채집 의뢰인데, 1번 갱도라는 곳에서 얻을 수 있는 『원령 수정』이란 물건을 채취하는 거였지."

"이름 참 흉악하네."

듣기로는 이 광산은 먼 옛날 전쟁터였다고 한다. 낙반[#12]으로 양측 세력이 모두 생매장당했고, 그로부터 수백 년이 지나 지각변동을 겪으며 광산이 되었다는 것이었다.

그때의 영향으로 이따금 채취할 수 있는 것이 이 『원령 수정』이며, 1번 갱도 가장 깊은 곳에는 다른 곳보다 많은 원념이 소용돌이치고 있어서 성기사가 본직인 류에가 그것을 정화했다. 그리고 대량의 결정에 추가로 우글우글한 언데드의 씨를 말려 버렸고, 하는 김에 다른 마물도 잡으며 나아갔다는 이야기였다.

그렇다면 폐광의 언데드도 분명 그 전쟁터였던 영향이나 그런 이유로 나오는 거겠지.

하지만 옛 전쟁터의 영향으로 언데드가 솟아나고 마물이 늘어나기 시작한 갱도라…….

오늘 받은 의뢰 중에도 『폐광에 숨은 언데드 토벌과 최심부 정화』라는 의뢰가 있었다. 조금 수상쩍은데……?

그런 억측을 하던 나를 두고서 류에가 기쁘게 선언했다.

"그런 연유로 내 벌이는 50만 이상이야! 이제 나는 더 일

#12 낙반 광산 따위의 갱내에서, 천장이나 벽의 암석이 떨어짐. 또는 그 암석.

하지 않아도 된다는 뜻이지.”

“오, 그거 대단한데? 참고로 내가 번 돈은 90만 이상이야.”

“아무렴 그렇겠지, 그렇고말고. 이번 경쟁은 내 승리로군—이 아니라, 지금 뭐라고 했어?”

“제가 번 돈은 98만입니다.”

“거짓말하지 마. 보수액이 높은 의뢰는 전부 내가 받았다고?!”

“성과제 의뢰를 무시한 결과야. 내가 마음먹고 덤비면 이 정도지.”

그래도 서로 숙박비를 여유롭게 능가하는 액수를 벌어들였으니까 정말로 더는 일할 의미가 없다는 생각도 들었다.

“그러고 보니 카이 군은 언제 숙소로 돌아왔어? 나보다 뒤에 오지 않았던가?”

“맞아. 길드에서 정산하고 바로 돌아왔어.”

“나는 저녁 무렵에 의뢰를 마치고 여기서 쉬고 있었는데.”

“응, 그래서?”

“즉, 내가 먼저 길드에서 보수를 받아 숙박비를 벌었다는 뜻이지.”

“아.”

“카이 군, 이건 먼저 숙박비를 버는 경쟁이지, 금액 승부가 아니야. 다시 말해서 이 승부는 내 승리다!”

무지막지 기쁘게 선언하는 그 모습을 보니 어쩐지 연민의 정마저 느끼게 되었다.

너, 그렇게 이기고 싶었니…….

§ § §

다음 날.

오늘은 어제 의뢰목록에 있던 『폐광의 언데드 토벌과 정화』에 관해 류에에게 상담했다.

류에는 어제 1번 갱도에서 언데드를 토벌하고 정화했다니까 전문가에게 협력을 요청하기로 한 것이다.

"나는 이제 일하지 않아도 되는데……."

"벌 수 있을 때 벌지 않으면 아깝잖아? 매일 방에 틀어박혀서 빈둥거리면 여행을 하는 의미가 없어."

"그럼 오늘 의뢰가 끝나면 같이 어디서 한잔할까?"

"오케이. 그럼 우선 옷부터 입을래?"

"……어느새 말이지."

무의식적으로 벗으셨어요?

마침내 채비를 마친 류에를 데리고 나는 폐광으로 향했다.

길드에서 폐광에 관한 이야기를 들었는데, 이 도시의 갱도는 지금이야 1번부터 5번까지 번호가 붙어 있지만, 옛날 갱도는 그렇지 않다는 것 같았다.

하나하나에 이름이 붙어 있으며 옛날에는 『미셸 갱도』라느니 『제시카 갱도』라는 식으로 여자 이름이 붙어 있었단다. 당시 채굴자 대표의 딸 이름에서 딴 것이라나?

으음, 비슷한 이야기를 옛날에 무슨 영화에서 들은 것 같은데…… 감옥에서 탈출하는 영화였던가?

하지만 어떤 사고가 일어난 이래 그 풍습은 사라져 버렸다.

초창기부터 좌우 벼랑에 있던 세 개의 갱도 중 하나에 대규모 낙반 사고가 일어난 것이었다.

그 갱도의 이름은 『에번스 갱도』. 그 사고로 인해 책임자인 광부는 사망했고, 어찌 된 영문인지 사고 직후 그 가족도 종적을 감추었다.

물론 이름의 유래가 된 『에번스』라는 소녀 또한 말이다.

그 사건이 있고 난 뒤로는 불길하다는 이유로 갱도에 이름을 붙이는 풍습이 사라졌다.

그래도 폐광은 다른 갱도와 구분하기 위해서 번호를 붙이지 않고 일찍이 불리던 이름대로 부른다고 한다.

참고로 그 낙반 사고는 먼 옛날, 아직 이 도시가 이렇게 크지 않았고 갱도도 지금처럼 많지 않았을 때의 이야기라고 했다.

그렇게 오래된 폐광의 조사라면 위험하지 않으냐는 생각도 들었지만, 그곳에서 수시로 언데드가 출몰하게 되어 어떻게든 최심부를 정화할 수 없을까, 하는 것이 이 의뢰의 자세한 내막이었다.

또한, 폐광에서 흘러나온 언데드는 모험가의 짭짤한 용돈벌이가 되는 까닭에 갱도 앞에는 연일 모험가가 죽치고 있다는 모양이었다.

……당신들이 무슨 미남 연예인 사생팬입니까?

우리가 폐광, 에번스 갱도로 가려는데 그 사생팬, 정정, 모험가 일당이 우리에게 다가왔다.

"당신들, 여기에 들어가려고……? 아서라, 관두는 게 좋아."

"그게 내가 아직 꼬마였을 때였던가, 방랑 성직자인가 뭔가 하는 양반이 정화한답시고 여기에 들어갔다나 봐. 근데 글쎄 그 양반이 뭔가에 씌어 버렸는지, 귀에서 어린애 목소리가 떨어지지 않는다고 소리치면서 병원으로 실려 갔다는 거 아냐."

"우리도 마음 같아서는 안에 들어가서 사냥하고 싶은데…… 간혹 보인단 말이야…… 어린애 같은 작은 그림자가."

모험가가 무시무시한 표정으로 그렇게 경고해줬지만, 괜찮다. 우리에게는 우는 아이도 뚝 그치게 하는 성기사님이—.

"……그그그그, 그래? 그래도 괜찮으니 걱정 마?! 그 왜, 우리는 강하니까?!"

전혀 안 괜찮아 보이는데요.

다리가 사시나무처럼 떨리잖아요.

나? 나는 그런 이야기도 그런 장소도 정말 좋아합니다.

"그럼 갈까?"

"카이 군, 괜찮겠어?! 언데드 말고 원령 같은 것도 있을지 모르는데?!"

"어휴~, 이래 봬도 초대 칠성을 모두 쓰러뜨린 나한테 그런 말을 하시나요."

게임 시절 이야기지만요.

일단 언데드 및 유령이나 요괴, 그런 종류에 효과를 발휘하는 어빌리티도 갖고 있다.

줄곧 [찬탈자의 증거(검)]과 [찬탈자의 증거(투)]밖에 쓸 일이 없었지만, 이럴 때 쓸 건 따로 있죠. 바로 [찬탈자의 증거(요)].

효과는 뭐, 예상하시는 대로입니다.

"그랬지……. 그럼 『백염요호(白炎妖狐)』를 쓰러뜨렸겠군."

"예스."

게임 시절의 칠성은 류에도 기억하는 모양이었다.

내 말을 듣고 류에도 입구에서 들은 이야기의 공포를 겨우 떨쳐낸 것 같았다.

으음, 마물로 나오는 악령과 그런 심령 현상은 받아들이는 방식이 다른가?

그러고 보니 류에를 조작하는 동안 쓰러뜨린 칠성은 없었지.

그래도 알고 있는 것을 보면 그 시대의 기억을 가진 사람은 모두 플레이어와 같은 수준의 지식을 가졌다고 봐도 될까?

하지만 그렇다면 나 말고도 백염요호를 쓰러뜨린 플레이

어는 많을 것이었다.

……역시 마지막 날에 쓰러뜨린 점이 무슨 열쇠가 된 것일까?

“그런데 카이 군, 아까부터 스켈레톤과 구울이 쫓아오고 있는데?”

“발이 느리니까 무시하고 가자. 최심부까지 갔다가 돌아오면서 일망타진하기로 하고.”

그립네, 몰이 사냥.

마침내 최심부로 생각되는 장소에 도착하자 그곳에는 거대한 바위가 떡하니 버티고 있었다. 아마 이곳이 낙반 사고 현장이리라.

류에의 말에 따르면 이 거대한 바위가 근처 언데드 발생의 중심부라고 했다. 나는 류에에게 정화 준비를 부탁하고 혼자 통로를 되돌아갔다.

그곳에는 어가행렬처럼 우글우글 몰려오는 스켈레톤, 구울, 그리고 둥실둥실 떠다니는 윌 오 위스프의 모습이…….

“어림잡아서 여든 마리는 되겠어. [찬탈자의 증거(요)]의 효과로 경험치가 열 배가 되면 제법 벌이도 짭짤할 텐데…….”

메뉴 화면의 경험치가 이미 자릿수 부족으로 전부 표시되지 않는 상태였다.

그래서 앞으로 얼마나 경험치를 벌어야 레벨이 오를지 전혀 모르겠다!

냉큼 레벨을 1 올려서 깔끔하게 400으로 맞추고 싶다고.

"그럼 관통 계열 공격으로 싹쓸이해 볼까?"

검을 든 손을 허리 뒤로 빼서 지금부터 찌르기를 날린다고 말하는 듯한 자세로 적을 막아섰다.

사용할 기술은 『스태그 엠퍼러』. 거창한 이름이지만, 딱히 수상한 기술은 아니다.

장검 카테고리에서 중급에 해당하는 귀중한 찌르기 기술이다.

효과는 직선상으로 관통하는 충격을 날리는 것으로, 범위는 좁지만 사정거리가 길고 크리티컬 확률이 높은 기술이었다.

다행히 놈들이 행군해 오는 통로는 커브도 거의 없기에 이 기술을 사용할 절호의 기회였다.

"하나, 둘…… 으랏차!"

힘껏 허리를 틀며 팔을 내질렀다.

검에서 방출되는 가느다란 회오리 같은 일격이 적을 휩쓸며 똑바로 뻗어 나갔다.

마치 거대한 스크루에 휘말린 것처럼 몸이 갈기갈기 찢기며 튕겨 나간 적들은 잇따라 몸과 목숨을 바닥에 흩어 놓았다.

그리고 그 일격의 여파가 사라질 즈음에는 갱도 안에 마물은 더 이상 남아 있지 않았다.

"통쾌한 거 보소. 그리고 역시나 레벨은 안 오르는구나."

대체 용신 님은 얼마나 경험치를 주신 거야?

적을 모두 해치우자 류에의 목소리가 들려왔다.

준비가 끝났다는 말에 나는 류에에게 돌아갔다.

“준비 완료. 아마 저 바위 아래가 아닐까? 저기가 가장 독기가 강해 보여.”

“알았어. 일단 나도 언데드 퇴치가 끝났으니까 주변 경계라도 하고 있을게.”

류에는 허리춤에서 검을 뽑았다.

푸른빛을 띠어 흡사 얼음을 응축한 듯 차디찬 빛을 발하는 칼날이었다.

그것을 든 류에가 갑자기 어딘가 신성한, 무심결에 엎드려 머리를 조아리게 될 것만 같은 엄숙한 존재로 보이기 시작했다.

류에는 그것을 내려치며 정화의 마도를 발동했다.

“……아름다운데.”

“이제 이 큰 바위에 깃들어 있던 원념은 정화됐을 거야. 아마 이 바위 건너편에는 수많은 사람들이 잠들어 있었을 테지. 이제 겨우 떠날 수 있게 되지 않았을까?”

“……그러면 좋겠다.”

한곳에 묶여 있어야 하는 괴로움은 류에가 가장 잘 알고 있을 것이다.

괜찮아. 너와 마찬가지로 그들도 분명히 여행을 떠나지 않았을까?

……정말로 너를 밖으로 데리고 나올 수 있어서 다행이야. 이제 그 누구도 네 길을 막지 못하게 하겠어.

나는 마음속으로 홀로 그렇게 맹세했다.

§ § §

"폐광에 마물이 범람할 징조?"

"네. 얼마 전 두 분께서 정화한 에번스 폐광과는 별개로, 도시에서 조금 떨어진 곳에 지금은 봉쇄된 큰 갱도가 하나 있습니다."

"흠, 도시 옆에만 있는 게 아니었군요."

마인즈밸리에 온 지 오늘로 2주째.

목표 금액은 모두 벌었지만, 전에 내가 받은 어스 드래곤이나 마인 시커 토벌, 그리고 폐광 언데드 정화 및 기타 갱도의 붕괴 조사 등, 류에와 의뢰들을 소화하던 어느 날, 나는 길드장인 크롬웰 씨에게 홀로 불려갔다.

"이 건은 아직 세간에 공개하지 않았습니다만, 조사 결과 그 『아일러스 폐광』 안쪽에는 언데드 말고도 수많은 마물이 살고 있을 가능성이 있다고 판명되었습니다."

"그럼 그 아일러스 폐광의 추가 조사와 토벌 의뢰인가요?"

"아뇨, 아무리 그래도 혼자서 가시는 건 조금……. 카이본 님이라면 불가능하다고 단언할 수도 없으나, 그래도 좁고 복잡한 지형에서 그 대군을 상대하기는 위험하니까요."

"그럼 무슨 용건이시죠?"

"아마도 앞으로 일주일 안으로 언데드가 범람할 겁니다. 그래서 모험가들에게는 이 도시 남쪽을 방어하도록 의뢰를 낼 생각입니다. 하지만 난처하게도 아일러스 폐광은 북쪽 솔트버그 방면 출입구 부근과도 이어져 있어서요."

"그러니까 저한테는 그쪽 방어를 맡기고 싶으시다는 말씀인가요?"

"송구스럽지만 부탁드려도 되겠습니까? 솔직히 말씀드리면 지금 도시에 있는 병력을 둘로 나누면 방어가 어렵다고 생각합니다. 그래서 도시 북쪽을 버리고 가까운 시일 내로 도시를 이분할 계획이었죠. 다행히 그쪽은 노점이나 행상인을 위한 건물뿐이고 상주하는 사람이 거의 없으니까요."

상당히 냉혹한 발언처럼 들리지만, 그것이 도시 방어를 맡은 사람의 소임이리라.

"더욱이 행운인 점은 이 도시에는 지금 영주가 부른 『해방자』 일행이 방문해 있습니다. 그들을 필두로 도시 남쪽, 수도 방면 방어가 가능하면 좋겠다고 생각했습니다만…… 카이본 님의 힘이 있다면 도시 북쪽도 지킬 수 있지 않을까 해서……."

『해방자』. 그것은 이 도시에 온 첫날 크롬웰 씨가 말한

『바깥 세계에서 소환된 존재』를 일컫는 말이었다.

하긴, 칠성 해방이 목적인 존재라면 용사보다 그편이 와닿으려나?

"힘이 되겠다고 약속했으니까요. 아마도 주력은 그 수도 방면에서 오는 마물일 테니까 문제없습니다. 그보다도 원군은 어떻게 됐죠?"

"이미 이 도시 남쪽, 여기와 수도 사이에 있는 도시에 연락해 뒀습니다. 이르면 당장 오늘 의뢰가 나올 겁니다. 그들과 협공을 하기 위해서요."

참고로 솔트버그 방면에는 연락하지 않은 모양이었다.

류에가 있던 숲은 만성적으로 마물을 배출하기 때문에 가뜩이나 부족한 인력을 이쪽에서 빼 가는 것은 잔인한 처사라나?

……그 관리관이 못 미더워서 그러는 것일지도 모르겠지만.

"그럼 저는 이 이야기를 류에에게 비밀로 해야 하나요?"

"네. 류에 님은 일반 의뢰로 도시 남쪽 방어를 맡으실 겁니다."

"그러는 편이 저도 편하겠네요. 일단 그때가 되면 북문(北門)은 봉쇄하고 아무도 나오지 못하게 해주세요."

"네. 하지만 카이본 님도 힘들어지시면 바로 피난해주십시오. 그쪽 사람들은 모두 피난시키고 바리케이드를 쳐 놓겠습니다."

응접실에서 길드 홀로 돌아오자 아침 첫 의뢰를 받고자 하는 사람들이 밀물처럼 몰려와 있었다.

그 속에는 방금 얘기한 해방자 일행의 모습도 보였다.

다른 대륙의 사정은 모르지만, 이 대륙에서 해방자는 왕명을 받은 기사와 비슷한 취급이었다.

따라서 길드에서도 어느 정도 편의는 도모하지만, 후하게 평가하거나 편애하는 일은 없다고 했다.

흠, 역시 길드는 왕국에 소속한 조직이 아니라 독립된 기관인가 보다.

그리고 그 해방자로 말할 것 같으면, 예상대로 그 술집에서 만난 바로 그 흑발 청년이었다.

들리는 말로는 이 대륙의 수도인 『왕성 도시 라크』에 소환된 이계의 존재라고 했다.

이건 누가 봐도 일본인이잖아.

"실례합니다. 오늘 의뢰 중에 뭔가 추천하는 것 있나요?"

"카이 님! 아, 참, 이미 받으신 어스 드래곤 토벌 말인데요, 아무래도 발견됐나 봐요. 갱도 붕괴의 원인이기도 한 모양이니까 한 번에 의뢰를 달성할 기회네요."

목격된 곳은 5번 갱도인 듯했다.

접수원은 어제 의뢰를 갔던 사람이 발견하고 놓쳤다고 설명했다.

놓쳤다는 말은 의뢰도 받지 않았는데 토벌하려고 했다는 뜻일까?

어지간히 실력에 자신이 있었나?

드래곤 킬러가 되지 못한 그 인물을 생각하고 있노라니 심드렁한 목소리가 들려왔다.

"왜 그 드래곤 토벌 의뢰가 없어? 어제 내가 발견했잖아."

"죄송합니다. 이미 며칠 전에 의뢰가 나온 상태이고 수행 중인 분이 계셔서……."

"그러면 나한테 양보하도록 할 순 없어?"

"직접 교섭하시는 방법밖에 없습니다만, 저……."

조금 떨어진 접수처에서 그런 이야기 소리가 들렸다.

무슨 인연인지, 그곳에는 해방자 일행이 있었다.

"안녕, 저번에 보고 또 보네. 너희가 어스 드래곤을 발견했다고?"

"너, 너는……. 설마 의뢰를 받은 사람이란 게 너냐?"

"정답이야. 딱히 의뢰를 받지 않아도 토벌은 할 수 있을 것 같은데, 보수가 필요해서 그래?"

어쩐지 접수원이 곤혹스러워하는 눈치여서 끼어들었다.

사실 돈이 궁하지는 않으니까 의뢰 자체를 양보해도 상관은 없었다.

"돈이 없는 건 아니지만, 의뢰를 받아야 포인트가 쌓여. 나는 더 위에 올라설 남자니까."

"그렇게 됐으니까 그 의뢰를 우리한테 양보해."

"저기…… 두 사람 모두 강요는……."

기가 센 소녀가 다시 앞에 나섰다. 그리고 그 두 사람을 말리는 역할인지, 울상이 된 여자아이가 있었다.

한 명 더 있지 않았나 생각했는데, 조금 떨어진 곳에서 자고 있었다.

"의뢰는 양보할게. 다만, 나도 드래곤에게 볼일이 있어. 만약 먼저 쓰러뜨려도 원망하기 없기야."

"네가 렌보다 먼저 쓰러뜨릴 수 있을 리 없잖아! 다치기 전에 도망이나 가라지."

"자랑은 아니지만, 나는 이미 랭크 B『은장』이야. 어스 드래곤이라면 문제없이 상대할 수 있어. 말리지는 않겠지만, 방해만은 하지 마."

청년은 그렇게 말하면서 다시 접수처에서 수속을 밟기 시작했다.

알았다, 알았어. 그럼 나는 받을 수속도 없으니까…….

**【웨폰 어빌리티】**

[이동 속도 2배]

[민첩 +15%]

[도주 성공률 +50%]

[경직 감소]

[모든 능력 +5%]
[어빌리티 효과 2배]
[천공의 패자]
[소나]

스타트 대시는 기본.

이 구성을 사용하는 건 솔트버그 순찰 이래 처음이었지만, 도시 안이라면 그 속도를 실감할 수 있었다.

마차를 추월하고, 소나를 사용해서 사람이 적은 길을 고르고, 이제야 제대로 활약하는 경직 감소로 급커브를 틀며 장해물을 피해 눈 깜짝할 새에 5번 갱도 앞까지 왔다.

이곳까지 오는 데 채 5분도 걸리지 않았다.

나는 곧바로 갱도로 들어가서 검을 뽑아 지면에 세워 꽂았다.

그러자 깡 하며 조금 귀에 거슬리는 소리가 울려 퍼졌고, 조금 기다리자 메뉴 화면에 맵이 표시되었다.

"마물 수가 적은걸. 그 애들이 어제 사냥했나?"

광점의 수가 확연히 적었고 마물 외에는 모험가의 반응도 없었다.

내가 오늘 첫 손님 같으니까 이대로 단숨에 끝내 버릴까?

"찾았다, 찾았어. 뭐야, 제법 가까운 곳까지 왔잖아?"

맵을 보자 갱도 최심부가 아니라 비교적 가까운 곳의 넓은 공간에 그럴싸한 커다란 광점이 표시되었다.

자, 처음으로 사용하는 [천공의 패자], 용신의 힘은 과연 어느 정도일까?

“이게 말이 되냐? 만나자마자 소멸이라니.”

끝내주는 전투 방법을 소개해주지!

소나를 보면서 대시!

넓은 방에서 식사 중이기에 그대로 검을 찔러 넣고 태클!

이상이다!

공격력 인플레이션에도 정도가 있지.

이토록 압도적이면 내 정신 건강에 여러모로 좋지 않다.

이미 어스 드래곤의 몸은 일부 부위를 남기고 소멸하기 시작했다.

그 생김새는 뿔이 두 개 자란 크고 검은 도마뱀이었다.

응? 잠깐만. [천공의 패자]는 하늘에 속한 상대에게 효과를 발휘하는 어빌리티였다.

이 녀석은 드래곤이지만 어떻게 봐도 하늘과는 인연이 없어 보였다.

그렇다면 어빌리티가 효과를 발휘하지도 않았는데 즉사했다는 말인가?

안타깝지만, 너의 활약은 다음 기회로 미루자꾸나.

그리고 토벌이 끝났다고 검이 인식했는지, 머릿속에서 소리가 들렸다.

**『웨폰 어빌리티 습득』**

**[악식(惡食)]**

무기질을 파괴했을 때 낮은 확률로 무기 기초 수치가 상승한다.

오?

뭔가 엄청 유니크한 어빌리티 아닌가요?

아까 이 드래곤도 광물을 먹고 있는 것 같았는데 그게 영향을 미쳤나?

그렇다면 근처에 있는 바위라도 닥치는 대로 부수면 기초 능력치가 빈약한 이 검도 최강의 검으로 탈바꿈?!

“글쎄! 왜 이런 어빌리티를 게임 시절에 얻을 수 없었냐고!”

있었으면 그건 그거대로 더 망겜이 되었을지도 모르지만.

여하튼 무사히 어빌리티도 손에 넣었고 드롭 아이템도 얻었으니까 돌아가자.

만약을 위해서 다시 한 번 더 소나를 발동하자 입구 부근에 마물 외의 광점이 네 개 나타났다.

짐작하건대 그들의 반응이겠지.

“옆길로 빠져서 지나칠까…….”

이미 쓰러뜨렸다고 왜 알려주지 않느냐고?

내가 왜?

그들을 지나쳐 보낸 나는 어빌리티 효과도 쓰지 않고 느긋하게 걸어서 길드로 향했다.

아직 이른 시간이었지만 행상인들에게는 그렇지 않은지, 그들은 분주히 오늘의 영업을 준비하고 있었다.

도시 밖으로 나가는 사람, 노점을 여는 사람, 상점에 물건을 대는 사람 등 거리는 온갖 인간 군상으로 가득했다.

이 도시에는 철광석을 정제해서 주괴를 만드는 공방은 있어도 그것을 무구 등으로 가공하는 공방이 없어서 도시 밖으로 운반되는 것은 그런 미가공 상품들뿐이었다.

그 풍경을 바라보고 있자니 「싸워 봤자 재미도 없는데 행상이나 하면서 여행하는 것도 나쁘지 않겠다」 같은 생각이 한순간 머리를 스쳤다.

"하지만 장사도 재능이 있어야 하지……. 아, 메뉴 화면으로 운반만 해도 돈이 되겠는데?"

결국 이지 모드가 될 것 같았다.

그런 생각을 하면서 길드로 돌아가자 류에가 보였다.

아무래도 작은 신전, 류에의 창고로 이어진 장소에서 무언가를 하는 듯했다.

"류에, 뭐해?"

"이것 봐, 카이 군. 이렇게 이 돌멩이를 바치면—."

류에는 품속에서 돌을 꺼내서 신전의 제단? 같은 곳에 놓았다.

그러자 돌은 바로 사라져 버렸다.

“그리고 이 배낭에서 돌멩이만 나오도록 빌면서 제단 위에 얹어 놔.”

“……무한 루프.”

돌이 사라진다, 떨어진다, 사라진다, 떨어진다…….

끝없이 반복되는 그것을 보고 있노라니 조잡한 GIF 영상이라도 보는 듯한 기분이었다.

“그래서? 그게 뭐 어쨌는데?”

“엄청 재밌어!”

……그러니…….

§ § §

그날은 아침부터 도시 전체가 어수선한 분위기에 휩싸여 있었다.

여관 주인은 연이어 숙박자인 모험가들에게 말을 걸었고, 그들도 평소와 달리 가시 돋친 태도를 보였다.

밖에서는 행상인들이 남쪽 구획으로 일제히 이동하고 있었고, 영주의 사병인지 동일한 규격의 갑옷으로 몸을 감싼 이들이 그들을 유도했다.

그렇다. 마침내 마물 범람이 시작된 것이었다.

"그럼 카이 군은 이번에 도시 안을 경비하는 거야?"

"그래. 만에 하나의 경우도 있으니까. 다들 밖으로만 눈을 돌리고 있을 때라면 더더욱 조심해야지."

"맞는 말이야. 그럼 나도……."

"류에는 밖에서 싸워줘. 그쪽에 류에가 있는 것만으로 안심이 되니까. 게다가 회복 마법을 쓸 수 있는 사람은 많을수록 좋아."

그런 명분을 내세워서 류에를 밖으로 보냈다.

괜찮아. 류에가 마음만 먹으면 도시 입구를 얼음으로 봉쇄할 수도 있을 것이다.

뭐, 그때는 많은 이가 얼음 동상이 되겠지만.

도시 내에는 이미 남북을 양분하듯이 바리케이드가 깔렸다.

명목상으로는 『만에 하나라도 마물을 솔트버그로 보내지 않기 위해서』였다.

북쪽은 이미 고스트 타운으로 변했을 테니 나도 그만 슬슬 가 봐야겠다.

나는 홀로 굳게 닫힌 북문 밖에 섰다.

그리고 만약을 위해서 광범위 탐색이 가능한 어빌리티를 세팅하고 프리셋에 등록했다.

이렇게 용도 별로 최적의 조합을 미리 등록해 놓으면 필요한 순간에 요긴히 쓰일 것이다.

**【웨폰 어빌리티】**

[오감 강화]

[기척 탐지]

[소나]

[이심전심]

이 도시에서 얻은 [소나]를 포함해서 인근을 탐색하는 데 적합한 어빌리티를 조합했다.

이거라면 도시 안이나 남쪽에서 소동이 있어도 탐지할 수 있으리라.

그러고 보니 지금 이 상황이 예전에 류에가 농담으로 말한 상황과 닮았다는 사실에 생각이 닿았다.

『도시를 지키기 위해 마왕이 된다』. 그것이 웃겨서, 이런 상황인데도 괜히 웃음이 났다.

딱히 부담을 가질 이유는 없었다. 이 세계에 와서 얼마 되지 않았을 무렵이라면 모를까, 이미 나는 자신의 힘이 어느 정도인지 이해했다.

한 방향에서만 오는 적을 상대하기가 무엇이 그리 어려우랴.

……숫자에 따라서 다르겠지만.

“그보다 광산 출구를 무너뜨리는 편이 좋지 않았을까?”

아, 하지만 그랬다가 만에 하나라도 다른 장소에서 마물이 솟아나면 귀찮아지니까 이게 옳은 판단인가?

"응, 슬슬 시작됐나 보네."

상당히 거리가 있었지만, 도시 반대쪽에서 희미한 목소리가 들리기 시작했다.

그리고 발아래로 느껴지는 미세한 진동.

이거 상상 이상으로 대군일지도 모르겠는걸?

§ § §

"제1군은 랭크 D 이하의 원거리 공격 수단을 가진 인원이다! 미리 정해진 반별로 담당 위치로 이동하라!"

나와 같은 엘프 족인 노인, 크롬웰의 지시에 따라 모험가들이 이동을 개시했다.

그의 인망은 놀라울 정도였다. 엄격하게 규율 잡힌 군대도 아니건만 사람들은 빠릿빠릿한 움직임을 보였다.

나도 마도사지만, 배정된 역할은 유격이었다.

일정 수준 이상의 실력자는 광범위하게 활동하며 마물 중 지휘관으로 추정되는 상대를 발견하면 처치하라고 지시받았다.

"나중 일을 생각할 필요가 없다면 한꺼번에 얼려 버릴 텐데……."

하지만 그러면 최악의 경우 이 도시가 외부와 단절되어 후

방에 위치한 솔트버그와 함께 멸망할지도 모르기에 그럴 수는 없었다.

일단은, 그래, 도시와 조금 떨어져서 바닥을 죄다 얼려 놓자.

나는 주변에 들키지 않도록 카이 군에게 받은 검을 대지에 꽂았다.

"마(魔)에 거역하는 자에게 영구한 벌을— 코퀴토스."

오랜만에 짧은 주문을 읊으며 조금 진심으로 마도를 행사했다.

이것으로 저 멀리 있는 마물의 진행은 느려졌을 것이다.

일부러 위력을 축소해서 시간이 지남에 따라 바닥이 녹아 미끄러지기 쉽게 했다.

자, 넘어져라, 넘어져.

"오, 그쪽도 유격대야?"

사람들과 떨어진 곳에 있었는데 어느새 근처에 누군가가 와 있었다.

고개를 돌리니 술집에서 카이 군에게 주의를 받은 아이들 같았다.

어째선지 묘하게 친한 척 말을 걸었지만, 나는 카이 군과 달리 이 아이와 접점이 없었다.

"뭐, 그렇지."

"이야~, 그럼 실력이 좀 있나 봐? 이름은 뭐야?"

"류에. 상식적으로 네가 먼저 이름을 밝혀야 한다고 생각하는데?"

"아, 참, 그렇지. 나는 렌. 이래 봬도 해방자야."

"……해방자, 라……."

조금 불만이 흘러나올 뻔했다.

그것은 그 누구도 아닌 카이 군, 『해방자 카이본』의 칭호였다.

우리가 봉인한 칠성을 해방시킬 뿐인 인간이 그 칭호를 자처하는 것은 솔직히 기분이 좋지 않았다.

게다가 무엇보다도, 왜 그는 아까부터 이리도 히죽대는가?

"안 놀라네?"

"크게 관심이 없거든. 그나저나 다른 볼일이 없으면 슬슬 다른 곳으로 가야 하지 않을까?"

"혹시 류에는 혼자야?"

그 한마디에 인내심이 한계에 달했다.

"이름을 막 부르도록 허락한 기억 없어, 꼬마야."

나는 이제 할 이야기가 없기에 스스로 그곳을 떠나기로 했다.

애당초 유격이라면 이곳저곳을 더 헤집고 다녀야 하는 것 아닌가?

아니면 그에게는 유격의 『유(遊)』는 유람의 『유』인가?

"아까부터 듣자 듣자 하니까, 무슨 태도가 그래? 렌이 볼일이 있으니까 말을 거는 거 아냐!"

"미안한데, 나는 아무에게나 사근사근한 사람이 아니야. 그럼 용건을 들어 볼까?"

"그러지 말고 진정해. 류에 씨, 괜찮다면 우리와 함께 싸우지 않을래? 유격대는 사람이 적으니까 혼자서 돌아다니기에는 아무래도 위험하잖아."

"제안은 고맙지만, 사양하지. 그럼 나는 이만."

"뭐?! 우리랑 같이 있는 편이 안전하다는 말이야, 못 알아들어?!"

성격이 나쁜 아이 같지는 않지만, 조금 세상 물정을 모르는 건가?

……나도 많이 아는 건 아니지만.

나는 정신을 조금 집중해서 몸에 마력을 띠었다.

"……렌, 이 사람, 나보다 마력이 많아. 혼자서도 괜찮아 보여……."

"진짜? 이봐, 만약 괜찮으면 이 싸움이 끝나고—."

"나는 이미 동료가 있으니까 그 뒷말은 안 해도 돼. 이만 가보지."

조금 어른스럽지 못했을까?

하지만 생각보다 해방자라는 말에 기분이 언짢아진 듯했다.

스스로 생각해도 조금 지나치게 카이 군에게 의존하는 기분이 들지만, 어쩔 수 없는 일이다.

내 머릿속에는 이미 그에 대한 생각밖에 없으니까.

"끝나면 또 함께 거리를 돌아보고 싶네……."

"보인다! 마물 대군이다!"

"전방에 보이는 건…… 울프 좀비입니다! 마물이 언데드로 변했습니다!"

"이런 대낮에?! 어떻게 된 거야!"

전장이 갑자기 소란스러워지자 기분이 조금 고양되었다.

이렇게 많은 사람들과 함께 대군에 맞서는 것이 얼마 만일까?

나도 모르게 옛날의 내 역할을 떠올리고 말았다.

"그 갑옷이 있었으면……."

봉인해 버린 방어구.

막강한 방어력을 자랑하며 몇 번이나 적의 공격을 견뎌내고 동료를 지킨, 내 분신이라고도 할 수 있는 장비.

어느 장소에 보관한 이래 두 번 다시 꺼낼 수 없게 된 그것.

하지만 지금 내 로브로도 충분히 공격에 견딜 수 있을 것이다.

나는 곧바로 방어 마법을 행사했다.

"다이아 프리즌, 미러즈 캐슬, 헌드레드 월."

몸을 극한까지 강화하고, 마술부터 마도까지 모든 것을 반사하는 필드를 펼치고, 거기에 더해 전방에 100장의 마력 장벽을 배치했다.

"내가 적의 기세를 꺾겠어! 모두 그 틈에 원거리 공격을!"

"응?! 저 장벽 수는 뭐야?!"

"말도 안 돼, 왕전(王傳) 마법?!"

왕전 마법? 처음 듣는 이름이다.

내가 모르는 마법이 생겼나?

끝나면 조사해 볼까?

"적이 마력 장벽에 접촉했습니다!"

"발사아아아아아!"

일제 사격의 상황을 확인한 나는 바로 마력 장벽의 범위 밖으로 우회하려는 마물 쪽으로 다가갔다.

후방의 오발도 반사할 수 있기에 앞으로 나와도 문제없었다.

……반사로 다쳐도 그때는 날 원망하진 말아다오.

"그럼, 오랜만에 접근전이다!"

§ § §

심심하다.

적이라고는 코빼기도 안 보이잖아.

혹시 폐광 안에서 붕괴 사고라도 일어나서 이쪽으로 오지 못하게 된 것이 아닐까?

벌써 싸움이 시작된 지 1시간여가 지났다. 차츰 남쪽에서 들리던 전투의 소음도 잦아든 느낌이다.

이거 정말로—.

"마물이다아아아아아아아아아아아아아아!"

그때였다.

도시 반대편보다도 확실하게 가까운 곳에서 고함이 울려 퍼졌다.

이건 틀림없이 도시 안이다!

"젠장, 설마 옆 갱도와 이어졌나?!"

폐쇄된 도시의 정문으로 단숨에 뛰어 목소리가 난 곳으로 향하자, 도시를 향해서 경사진 길을 똑바로 행군하는 마물 대군이 눈에 들어왔다. 이미 상당히 접근해 있었다.

……저곳은 분명 나와 류에가 언데드를 봉인한 에번스 폐광이었다.

그곳과 이번 갱도가 이어져 있었나?!

"젠장, 늦지 마라!"

이동 속도를 높이는 어빌리티 프리셋으로 변경하고 조금이라도 속도를 높이기 위해서 스테이터스를 끌어올리는 방법을 택했다.

바로 『그 모습』이었다.

"날개니까 활공 정도는 할 수 있겠지."

전에 사용한 『플레임 퓐』으로 상승기류를 만들었다.

어둠 마법 덕분에 열이 느껴지지 않는데도 불구하고 어떻게 상승기류가 발생하는지는 의문이었지만, 지금은 그걸 따질 때가 아니었다.

나는 곧바로 날개를 펼치고 하늘 높이 날아올랐다.

"우와! 이 상황에서 할 소리는 아니지만, 재밌잖아!"

행글라이더가 생각나는 부유감과 바람의 저항을 느끼면서 비탈길의 중턱으로 날아갔다.

아래에서는 폐광에서 흘러넘친 마물을 본 주민들이 질겁하며 도망치고, 모험가들은 그 인파를 가르며 마물을 격퇴하러 달려가는 모습이 보였다.

다행히 아직 도시 내부에는 침입하지 않았지만, 이 속도로 가면 마물이 먼저 도착해 버릴 것이다.

나는 머리를 숙여 급강하하며 속도를 높였고, 뺨으로 바람을 느끼면서 다소 불안정한 자세로나마 검술을 발동했다.

"웨이브 모션."

초급 검술 웨이브 모션.

본디 한 손 검 기술이며, 관통하는 저위력(低威力) 파동을 검으로 방출하는 기술이었다.

관통하는 것은 좋지만 한 손 검 기술인 까닭에 공격 범위는 뻔한 수준이었으며, 대신 타격 횟수가 많았다.

하지만 내 손에 들린 것은 탈검.

공격 범위는 무기에 따라 다르며, 물론 장검과 같은 범위를 가진 이 검에도 그것이 반영되었다.

나는 폭 3미터에 이르는 파동을 날리면서도 넓은 범위를 커버하도록 검의 방향을 바꿔 마물의 수를 줄여 나갔다.

"하, 하늘에서 마족이?!"

"말도 안 돼?!"

경사로 아래에서 감시하던 모험가의 목소리가 뒤에서 들리자 나는 지시를 내렸다.

"길드 랭크 EX인 카이본이다. 긴급 상황인 관계로 명령을 내리겠다. 당장 도시 내부의 모든 모험가들을 갱도에 배치하도록!"

"흑장?! 정말로 있었다니……."

"알았어! 주민 경호는 어떡해?!"

만약을 위해서 다른 갱도의 경계를 명령했다. 하지만 인원을 너무 분산시키면 주민 경호에 차질이 생기려나…….

영주의 병사와 연계할 수 있다면 더 바랄 것이 없겠으나, 나에게는 그럴 권한이 없었다. 애당초 EX 랭크에 명령권 같은 건 있지도 않았다. 그저 길드 직원과 같은 권한을 가질 뿐.

일단 귀족 수준의 권한도 있다고는 하나, 이곳에서는 무용지물이었다.

"갱도 감시는 최소한이면 돼. 주민들은 지금 도시 남쪽에 있지?"

"맞아. 영주의 사설 병단 주둔지에 있어."

"영주도 아마 눈치챘겠지만, 혹시 모르니까 연락해줘. 여기에 원군은 필요 없으니까 도시로 이어진 갱도에 대기시켜 달라고."

"혼자서 괜찮겠어……?"

"괜찮아, 문제없어."[#13]

가장 좋은 장비니까 괜찮습니다.

이미 마물 제2군이 다가오고 있었다.

다행히 하늘을 나는 적은 없었지만, 길을 무시하고 경사면을 미끄러져 내려오는 놈이 몇 마리 있었다.

한 마리도 놓치지 않게끔 나도 후퇴해서 미끄러져 내려온 마물과 대치했다.

"……이놈들, 언데드가 아니야."

이제 보니 다 색깔만 다를 뿐 갱도에서 본 레어 웜이나 류에가 있던 숲의 늑대 마물 등이었다.

하지만 잘 보면 그 동공이 수상쩍은 붉은빛을 내고 있었다.

"강화……라기보다는 광화(狂化)구만."

나는 움직이기 전에 다시 검을 휘둘러 선제공격을 가했다.

그 일격으로 마물들은 몸이 찢겼고, 이번에는 길을 따라서 내려온 마물 무리와 대치했다.

"자, 어디 지나갈 수 있으면 지나가 보시지."

한 번 휘두르면 열 마리가 소멸했다.

---

#13 "괜찮아, 문제없어." 게임 『El Shaddai』에 등장한 유명 대화 패러디. A: 그런 장비로 괜찮은가? B: 괜찮아, 문제없어.

그리고 틈을 보고 지면에 검을 꽂아 땅속을 이동하는 웜의 위치를 알아낸 뒤 마법을 날렸다.

아무래도 웜은 산소가 없어도 움직일 수 있는 것 같기에 이번에는 얼음과 어둠의 복합 마법으로 땅속을 공격했다.

그러자 검은 덩어리가 마치 땅을 종횡무진 헤엄치는 나무뿌리처럼 땅속을 휘저어 놓았다.

"이따가 이 근처 길을 정비하라고 알려줘야겠어."

이미 아이템 습득 로그가 너무 나와서 처음 쓰러뜨린 상대의 로그가 밀려 사라져 버릴 지경이었다.

그래도 마물의 습격은 조금도 잦아들 기미가 보이지 않았다.

체력적으로는 문제없었지만, 한 마리라도 통과하면 바로 그곳이 도시 내부였다.

정신적인 압박감이 보통이 아니었다.

하지만 나에게도 자존심은 있었다.

"이 모습으로 패배하는 것만은 용납할 수 없어."

—되돌아보면, 게임이라고는 해도 마왕이라 불리며 수많은 강적을 물리쳐 온 모습이었다.

아무리 사람이 줄어들어도 변함없이 싸워 온 내 고집의 끝에 도달한 모습이었다.

나는 아무리 현실 세계에서 괴로운 일이 있어도 그 감정을 질질 끌며 게임을 하지 않는다.

그 세계에 있는 동안만은 무엇에게도 지지 않는 강한 나이길 바라며 싸워 왔다.

그렇기에 『내가 가장 강해질 수 있는』 모습으로 패배하는 일은 결코 용납할 수 없었다.

그렇기에— 이 모습으로 살게 된 이상, 절대로 질 수 없다!

"워 크라이."

기술 이름을 중얼거린 다음 순간, 이번에는 마력을 담아서 절규했다.

이 기술은 주변 적들의 주의를 모조리 자신에게로 집중시키는, 본래는 류에처럼 방어력과 내구력에 자신이 있는 사람이 써야 할 기술이었다.

목이 찢어지게 외치는 그 소리에 마물들의 주의가 단숨에 나에게로 향했다.

그리고 그대로 한 단계 위의 기술을 발동했다.

"테러 보이스."

이어서 상대를 위축시키겠다는 강한 일념을 담아 있는 힘껏 소리 질렀다.

내가 가진 모든 살의, 나 자신을 북돋는 기합, 마지막까지 싸우겠다는 광기를 담은 그 외침.

내가 냈다고는 생각할 수 없는, 흡사 나락에서 기어 올라오는 듯한 음성이었다.

일제히 나를 보던 적들이 그 직후 공포로 멈춰 버렸다.

워 크라이, 테러 보이스는 순수 근접 전투 직업이 가지는 몇 안 되는 비공격 기술이다.

검술이 아니라 보조 기술의 일종인 테러 보이스는 자신을 향한 적의를 증폭시켜 상대방에게 반사함으로써 그 공포로 적을 일시적으로 마비시키는 기술이었다.

하지만 솔직히 게임 시절에는 쓰지 않았다.

왜냐면, 이거 게임 시절에는 직접 타자를 쳐서 말하지 않으면 효과가 없었다고…….

아무리 나라도 창피하다.

"못 움직이겠지? 그럼 내가 간다."

나는 다시 검을 휘두르며 적 무리 속으로 파고들었다.

그리고 그대로 갱도 앞까지 왔다.

갱도 내부도 아직 마물로 득실거렸지만, 마비된 덕분에 겨우 적의 전선을 밀어낼 수 있었다.

여기까지 오면 이제 할 일은 간단했다.

"좁아서 도망도 못 갈 거다."

검을 높이 치켜들어 다시 한 번 웨이브 모션을 날렸다.

관통하는 파동은 좁은 갱도를 똑바로 직진해서 지금까지 올린 전과를 새로이 경신했다.

검을 거듭 휘둘러 이윽고 적의 모습이 뜸해졌을 즈음, 등 뒤에 선 기척을 느낀 나는 검을 돌렸다.

"힉! 그그그, 그, 그게! 도시 밖의 마물 진군이 멈췄으니 카이본 씨도 휴식을 한 번 취하시라고……!"

"아, 미안해. 전투원에게 여유가 생겼다면…… 음, 여기서 아직 적이 더 나올지도 몰라. 사람을 몇 명을 불러서 지키게 해주겠어?"

"예! 정말로 혼자서…… 수고 많으셨습니다!"

체력은 아직도 MAX였지만, 정신적 피로만은 어쩔 수 없었다.

묘하게 머리도 아프니까 고맙게 받아들이자.

도시로 내려가니 많은 모험가, 그리고 주민들이 나를 기다리고 있었다.

그들이 모두 눈물을 흘리며 머리를 숙였다.

우와, 설마 계속 보고 있었어?

보~지~마~! 중간부터 살짝 자아도취 상태였다고!

그걸 사람들이 보고 있었다니, 심지어 워 크라이에 테러 보이스까지 썼다고!

……나, 뭐라고 소리쳤더라? 무의식중이라 기억이 안 나는데.

"고맙습니다…… 정말로, 정말로……."

"마왕님, 고마워요! 멋있었어요!"

"얘, 얘가! 죄송합니다, 모험가 님."

아, 마왕님으로 보이셨구나, 그러셨구나.

뭐, 그래도 기분이 썩 나쁘진 않은걸?

지금 눈앞에서 고개를 숙이고 있다는 말은, 머리를 숙이고 싶지 않은 피해가 없었다는 뜻일 테니까.

"다들 무사한가요? 누가 가족이나 친구, 지인이 크게 다치거나 하진 않았나요?"

누구도 슬픈 표정을 짓지 않았다.

그것만으로 고생이 보답 받는 기분이었다.

나는 많은 사람들에게 환영받으며 길드로 돌아갔다.

"아차, 마왕 룩 해제해야지."

이럴 줄 알았으면 갱도에서 나올 때 해제해 둘걸.

§ § §

"카이 군, 크롬웰에게 들었어! 왜 아무 말도 안 했어?"

"크롬웰 씨가 그렇게 시켰어. 그러니까 불평은 크롬웰 씨한테 해."

"카이본 님?!"

응접실에는 나와 류에와 크롬웰 씨가 있었다.

이번 일의 보수 수령과 더불어 말없이 담당 위치를 벗어난 일을 사과하기 위해서였다.

"아뇨, 저희 조사가 부족했던 탓입니다. 아마도 갱도가 이어지기 쉬운 곳이 있었나 보군요."

"그럼 그곳을 허물어서 나타난 마물이 한 수 위였을 뿐이죠. 길드의 잘못은 아니에요."

"하지만……."

"그보다도 원래 예상 지점인 아일러스 폐광 북쪽 출구는 어떻게 되어 있던가요?"

"그게, 아무런 이상도 발견하지 못했습니다. 일단 경계병을 세우긴 했습니다만……."

그렇다면 처음부터 도시로 직접 침입할 수 있는 에번스 폐광을 노렸나?

마물이 그렇게 지능적일까? 아니, 애초에 그 폐광은 외길이었다. 다른 갈림길은 없었을 텐데…….

"추측이지만, 에번스 폐광이나 그 외 갱도에서 갑자기 언데드가 속출한 것도 우연이 아닐지도 모릅니다. 언데드는 언데드를 부르니까요……."

"하지만 그 폐광은 나와 카이 군이 정화했었는데?"

"그거 말입니다만, 어쩌면 언데드 발생의 근원인 무언가가 아직 그곳에 감춰져 있는 건지도 모릅니다."

"무언가, 말인가요?"

이번 사건이 우연인지, 아니면 누군가의 의지로 일어난 일인지는 모른다.

하지만 적어도 원인이 된 무언가가 그 폐광에 있을지도 몰랐다.

마물의 수도 줄었으니 조사할 필요가 있겠다.

"다행히 수도에서 보내는 원군 중에는 신관단도 있다고 하니, 전문가인 그들에게 맡기면 될 겁니다. 두 분은 이번

건으로 피곤하실 테니까 푹 쉬십시오.”

“알겠습니다. 그래도 무슨 일이 있으면 바로 연락해주세요. 조금 더 이 도시에 머물 생각이니까요.”

“들었지? 참고로 이번 일도 포함해서 보수는 다 받을 거니까 그런 줄 알아.”

아주 그냥 깍쟁이야.

길드 로비로 돌아오자 밖에서 싸웠던 사람들이 일제히 류에에게로 달려왔다.

또 시작입니까, 류에 씨.

이번에 류에는 직접 싸우지 않고 보조나 엄호에만 매진했고, 그 덕분에 피해를 최소한으로 억누를 수 있었다고 들었다.

마물의 발을 묶고, 약화시키고, 놓친 마물 처리에 부상자 치료까지. 대규모 전투에서 이 행동이 군 전체에 기여한 영향은 이루 말할 수 없었다.

역시 류에를 앞에 내세우는 것은 옳았다. 그리고—.

“카이본 님도 감사합니다! 만약 카이본 님이 안 계셨다면 저희는 돌아갈 곳을 잃었을지도 모릅니다.”

“그러게 말이야! 모르는 사이에 후방에서 도시가 괴멸한다니, 악몽 같은 일이야.”

“혼자서 지켜 냈다던데 사실인가요?”

세상에, 이번에는 내 앞에도 사람들이! 도시 안에 있던 사람들에게 이야기를 들었는지, 밖에서 싸웠던 모험가에게서도 감사가 끊이지 않았다.

잘 보니 함께 이 도시 호위를 맡은 무스타 씨도 있었다.

그런데 그때, 어스 드래곤을 찾아서 꼬박 하루를 갱도에서 헤맨 것으로 유명한(내 머릿속에서는 그랬다) 렌 일행이 나타났다.

"정말로 네가 막았어? 그녀가 아니라?"

"음, 아, 해방자인 렌이라고 했던가?"

그 사건으로 인해 조금이지만 적의가 강해진 기분도 들었지만, 제법 재미난 인재였다.

"도시 밖에서 싸운 류에가 도시 안의 마물을 쓰러뜨린 방법에 대해 자세히—."

"……."

묵묵부답이냐.

걸고넘어지려면 조금 더 생각하고 말해주라.

밖에서는 류에에게 활약을 빼앗기고, 도시 안에서는 아니꼬운 나를 치켜세우니까 심통이라도 난 건가?

하지만 그도 밖에서 도시를 위해 싸운 것은 사실이니 이번에는 그다지 놀리지 말자.

"그보다 당신, 류에 씨의 동료지? 함께 내 동료가 될 생각 없어?"

"이야기가 왜 그렇게 흘러가? 동료가 될 이유가 없거니와

애당초 네 목적도 몰라."

"나는 그냥 해방자 같은 게 아니야. 칠성의 7, 최강의 존재에게 도전해서 인정받을 남자라고."

"그, 그래…… 열심히 해 봐."

인정받으면 내가 뭐든 해준다!

아, 미안~. 그거 이미 내가 죽여 버렸네, 데헷.

……이라고 말할 수 있으면 얼마나 좋을까!

하지만 그랬구나. 비교적 변경에 위치한 이 도시에 있는 이유가 신경 쓰였는데, 그런 이유였나.

……만약 내가 쓰러뜨리지 않았어도 류에가 절대로 허락하지 않았겠지만.

"제법 실력이 있는 것 같고, 류에 씨는 두말할 나위 없이 강해. 당신과 함께 내 동료로 삼아줄게."

"됐어, 사양할게. 별로 관심도 없고."

"나도 같아. 나는 카이 군 외에 다른 사람과 여행할 생각이 없어."

짐작하건대 이 아이는 아마 이 세계에 와서 강한 힘을 손에 넣었을 것이다.

그래서 이렇게 목에 힘이 들어갔겠지. 이해한다.

강한 힘을 얻은 데다 한술 더 떠서 용사처럼 떠받들어줬을 테니까 이 연령대 아이라면 이렇게 될 만도 하다.

뭐, 보나 마나 처음부터 애들을 끌고 다니는 것에 익숙하긴 하겠지만.

잘생긴 데다, 잘생기기도 했고, 잘생겼으니까.

“잠깐, 이런 일이 흔할 줄 알아?! 그리고 넌 그냥 덤이야, 덤! 이 여자 설득 정도는 해 보라구!”

“시끄러워. 입 다물어.”

류에 씨가 살벌하다.

어쩐지 아까부터 기분이 좋지 않았는데, 칠성 이야기가 나오면서 본격적으로 분위기가 험악해졌다.

그런데 매번 류에를 원하는 남자 때문에 귀찮은 일이 벌어지는 기분이 든다.

더 상대했다가는 나보다 류에가 먼저 폭발할 것 같으니까 이쯤에서 끝내자.

“그냥 포기해. 게다가 이렇게 보여도 나나 류에나…… 너희보다 위야. 슬슬 이해해주면 안 될까?”

“봐.”

권력이나 지위로 거들먹거리는 것 같아서 기분이 좋지는…… 거짓말입니다, 엄청 좋습니다.

나는 길드 카드를 제시했다.

“백은?! 그리고, 검정?”

“말도 안 돼…… S랭크에…… 검정?”

야, 잠깐만. 검은 길드 카드가 그렇게 인지도가 없어?!

“나는 S랭크 모험가, 그리고 카이 군은 더 높아. 이런 말을 하고 싶지는 않지만, 너희와는 차원이 달라."

"안 좋게 들릴지도 모르겠는데 우리에게는 아무런 이점도 없어. 아니면 너는 우리 힘을 빌려서 최강의 존재에게 인정받을 생각이야?"

뭐, 인정이고 나발이고 받을 수도 없겠지만.

굳이 말한다면 그 힘을 빼앗은 내가 인정하느냐 마느냐로 판단해야 할까?

……죽어도 인정 못 합니다!

"……두고 봐. 그런 규칙이 아니라 내 진짜 힘을 인정받으면 내가—."

"렌 님, 슬슬……."

눈물을 글썽이는 여자아이가 거북한 눈치로 말을 걸었다.

고개를 돌리자 상황을 지켜보던 주변의 시선도 차츰 냉담하게 변해 있었다.

그것을 알아차렸는지, 해방자 일행은 다급히 길드를 빠져나갔다.

"어른스럽지 못했나?"

"아니, 상관없어. 나는 저 애가 그다지 마음에 안 들어."

"거만한 타입은 싫어?"

"순수하게 정신이 너무 어린애 같은 사람이 싫은 거야."

어린아이의 마음(중2병)을 잊지 않는 남자가 여기 있는데 그 점에 관해서는……?

자, 여관으로 돌아왔다. 그럼 바로—.

"전적 발표~!"

어느새 들어왔는지, 메뉴 화면의 아이템 박스에는 생소한 아이템이 한가득이었다.

게다가 새 발의 피라고는 해도 경험치가 듬뿍!

그리고 지금부터가 본론이다.

허공에 대고 전화를 거는 척하며 한마디 했다.

"여보세요, 본본입니다! 어빌리티 아직 멀었냐?!"

전혀 성장하지 않았어.[#14]

그야 광화했다고는 해도 원래는 흔해 빠진 몬스터들이니까 그다지 기대는 안 했기로서니 노력에 비해 결과가 너무 박했다.

그나마 대량으로 입수한 『원령 결정』이 주된 전과라고 할 수 있을까?

"혼자서 신이 나다니 치사해, 카이 군."

"신경 쓰지 마. 그런데 도시가 조금 안정될 때까지 체류하려고 하는데, 이의 있어?"

"느긋하게 있어도 된다면 이의 없음."

결정.

폐광 조사로 뭔가를 알 수 있을지도 모르니까 조금만 더

#14 전혀 성장하지 않았어. 만화 『슬램덩크』에 등장하는 안 감독의 대사.

이곳에 머물자.

나와 류에는 조촐한 축배를 들고자, 아직 흥분이 채 가시지 않은 거리로 나왔다.

도중에 장사 정신이 투철한 노점상 여러분께 산더미 같은 먹거리와 감사를 받았고, 그때마다 류에가 뭐라고 말하기 힘든, 기뻐서 히죽거리는 것을 참는 듯한, 감격으로 눈물을 흘릴 듯한, 그런 얼굴을 하고 있었다.

“많이 받았는걸. 류에, 방으로 돌아가서 먹을까?”

“응, 정말 많이…… 많이도 받았어, 카이 군.”

그러게. 양손뿐 아니라 가슴까지 터질 만큼 받았어.

그렇게 여관으로 돌아온 우리는 서로의 건투를 치하하며 즐거운 밤을 보냈다.

§ § §

“그래서, 하루 만에 또 무슨 일로 부르셨죠?”

“죄송합니다.”

다음 날, 의뢰를 받을 생각은 없었지만, 그 후 상황을 묻고자 길드에 들른 우리는 곧바로 응접실로 불려 왔다.

“그래서 무슨 일이지?”

“실은 오늘 아침 곧바로 조사단이 아일러스 폐광으로 향했으나, 도중에 갱도가 붕괴되어 있어서 다시 돌아왔습니다. 그래서 일전에 두 분이 정화한, 도시 바로 옆에 있는 에번스 폐광으로 가게 되었습니다만—."

크롬웰 씨의 말에 따르면 에번스 폐광은 원한의 목소리가 너무나도 지독해서 보통 사람은 견딜 수 없는 수준의 마계가 되었다고 한다.

그렇다면 역시 에번스 폐광에는 그렇게 될 만한 무언가가 — 어제 범람으로 갑자기 마물이 나타난 원인이 숨어 있을지도 모른다는 말일까?

일단 조사단은 모두 실력이 충분한 신관들이었으며, 그 이상의 실력자를 찾으려면 수도에서 성기사를 부를 수밖에 없다는 듯했다.

"즉, 우리에게 다시 맡기고 싶다는 말씀인가요?"

"몇 번이나 부탁만 드려서 송구스럽습니다만……."

"아니, 사전에 우리가 그 원인을 정화했다면 일이 이렇게 커지지 않았을지도 몰라. 그러니까 받지. 이번에 카이 군은 쉬고 있어."

"응? 나한테 정신 간섭 공격은 안 통하니까 문제없는데?"

아직 한 번도 세팅한 적 없는 [용신의 가호]가 드디어 빛을 볼 날이 왔다.

정신에 기인하는 상태 이상을 막고, 아울러 각종 공격에 내성이 생긴다는 우수한 어빌리티.

다만, 지금은 상대와 나의 레벨 차이만으로 대부분의 공격은 무력화된단 말이지…….

뭐, 그래도 세팅은 하고 보자.

하는 김에 저번과 마찬가지로 [찬탈자의 증거(요)]도 세팅했다.

**[찬탈자의 증거(요)]**

칠성의 3, 요호를 완전히 굴복시킨 자의 증거.

요령(妖靈)족의 공격 반감. 경험치 10배.

"나는 일단 성기사니까 문제없지만, 역시 카이 군은 다른걸."

"아무렴 그렇고말고. 나를 더 칭송하고 찬양해주세요."

"에잇!"

"Oh~!"

그런 실없는 대화를 나누며 우리는 목적지로 걸음을 옮겼다.

가는 길에는 주민들에게 열렬한 성원을 받았는데, 이건 이제 내가 마왕 룩이 아니라도 상관없는 모양이었다.

그리고 드디어 폐광에 도착했다.

전에 왔을 때에는 류에와 함께 옛 낙반 사고 지역인 최심부를 정화했지만, 이번 목적지는 또 다른 곳일까?

나는 바로 검을 지면에 꽂아 메뉴에 맵을 표시했다.

"류에, 기분은 어때?"

"아까부터 조금 귀가 따갑지만 문제없어."

"나한테는 안 들리는데. 어디 그럼……."

테러 보이스 발동.

너희 조금만 조용히 하자?

"—닥쳐, 쓰레기들아."

오우, 나도 깜짝 놀랄 정도의 데스 보이스. 잘하면 데스 메탈 가수도 되겠는데?

나는 그 효과가 있었는지 확인하고자 옆을 돌아봤다.

"죄송합니다, 죄송합니다, 죄송합니다. 용서해주세요, 뭐든 할 테니까 용서해주세요."

그러자 구석에서 울상을 지으며 떠는 류에의 모습이…….

얘 왜 이렇게 귀엽니?

"왜 류에에게 효과가 미치지?"

"순수하게 무섭거든?! ……그래도 정말 조용해졌어."

아, 로그에 표시가 떴다.

……무슨 조화인지 원령의 드롭 아이템이 들어왔다.

그 이전에 원령이 마물 취급이었냐?

그리고 원령이 지금 그걸로 죽은 거야?

멘탈 너무 약해?!

"역시 이번에도 여긴가?"

맵을 봐도 새로운 길이 생기지는 않았기에 우리는 똑바로 전에 정화한 바위 앞까지 오게 됐다.

하지만 기분 탓인지 바위의 윤곽이 흐릿한 것 같기도 하고, 또 거무튀튀해 보이기도 했다.

“저번에 왔을 때보다도 흘러나오는 원령이 많아. 저 균열 안쪽에 뭔가가 있는 걸까?”

“살짝 부숴 볼까?”

자세히 보니 거대한 바위에 미세한 금이 가 있었다.

조금 설레는 마음으로 어빌리티 [악식]을 세팅했다.

자, 얼마나 무기 성능이 올라갈지…….

“하나, 둘! 강파열참(剛波烈斬)!”

대검의 상급 기술.

효과는 단순하게 방어 무시 특대 대미지로, 범위가 좁고 MP 소비도 크기 때문에 한 콤보에 한 번밖에 넣을 수 없는 제법 까다로운 성능이다.

다만, 상대가 움직이지 않는다면 문제 될 것이 없었다.

몇 번이나 연발하면서 [찬탈자의 증거(투)]를 사용해 MP 회복 속도를 상승시키고, 거기에 더해 이번에 처음으로 사용하는 어빌리티 [컨버트 MP]로 보험을 들었다.

[컨버트 MP]는 초당 10의 페이스로 HP를 MP로 변환하는 제법 위험한 어빌리티였다.

스스로 HP를 회복할 수단을 가진 사람이라면 그 위험성이 상당히 낮지만, 그래도 자신의 생명을 지속적으로 깎아내리는 무서운 스킬이었다.

여기서 주목해야 할 점은 『초당 10』이라는 고정 변환율, 그리고 내가 가진 [생명력 극한 강화].

내 HP 회복 속도는 초당 『3퍼센트』지, 『3』이 아니었다.

물론 그렇기에 회복 속도가 훨씬 빨랐다.

쉽게 말해 MP 회복 속도가 그야말로 마하라는 것.

평소에는 이토록 기술을 연발하지 않기 때문에 이런 구성은 쓰지 않지만—.

"오라오라오라오라오라!"#15

바위가 시원시원하게 깎여 나가는군요. 아니, 박살나는군요.

갈라진 틈은 금세 넓어졌고 새로운 길이라도 만들 기세로 바위가 깎였다.

그리고 마침내—.

"카이 군, 스톱! 그 기술은 뭐야……? 연속 찌르기의 위력이 아니야."

"한 방, 한 방이 치명상이 될 수 있는 수준입지요."

"새삼스럽지만 괴물인걸."

"쑥스럽게……."

"쑥스러우라고 한 소리 아니야."

검을 멈춘 뒤 바라본 그 앞에는 결코 내가 부순 것이 아닌, 인위적으로 만들어졌을 공간이 펼쳐져 있었다.

---

#15 **"오라오라오라오라오라!"** 만화 『죠죠의 기묘한 모험』에서 공격을 연발할 때 사용되는 특유의 기합 소리.

낙반 사고라고 들었지만, 이건 어떻게 봐도 갱도로는 보이지 않았다.

……행방불명된 가족 이야기도 그렇고 이번 일도 그렇고, 역시 뭔가가 미심쩍었다.

하지만 그 사건이 일어난 것은 적어도 수십 년 단위의 옛날이야기였다.

그게 왜 지금 와서……?

그렇게 생각하며 다시 공간을 둘러봤다.

아마 어딘가 다른 장소에서부터 파서 만들었을 바위 안쪽 돔 공간.

한때는 갱도였을 테지만, 그 흔적은 어디에서도 느낄 수 없었다.

그리고 그곳의 중앙에는 거대하고 검은 조각상이 덩그러니 놓여 있었다.

……어떻게 보나 저거겠지.

"카이 군, 안 돼……. 저건 위험해. 주물(呪物)이야, 그것도 둘도 없이 흉악한……."

대뜸 류에가 자신의 어깨를 끌어안으며 마치 보이지 않는 벽이라도 있는 양 멈춰 서 버렸다.

그 예사롭지 않은 반응에 나도 일단 걸음을 멈추고 류에에게 물었다.

"알아?"

"뭔지는 몰라도 효과는 알아. 이곳에 사는 원령을 『한 번 더 죽이고 있어』."

"정화가 아니라, 죽여?"

보통 우리가 언데드 따위의 마물을 쓰러뜨리면 그것은 『죽는다』기보다 해방돼 소멸하며 경험치와 아이템을 남긴다.

하지만 주물과 같은 것으로 주살(呪殺)하면 원령의 한이 더욱 강해지지 않을까?

그리고 그 원령을 또다시…… 무한 루프 무섭지 않냐?#16

어디 사는 누구 씨가 돌멩이로 갖고 놀던 무한 루프와는 차원이 달랐다.

"아, 안 돼, 카이 군. 이건 나로서는 방법이……."

"정말? 그럼 내가 박살 내고 올게."

나는 과감히 한 발을 내디뎠다.

뭐야? 딱히 아무 영향도—.

네가.

네가 네가.

네가 네가 네가 네가 네가.

네가 네가 네가 네가 네가 네가 네가 네가 네가 네가 네가 네가 네가 네가 네가 네가 네가 네가.

네가 네가 네가 네가 네가 네가 네가 네가 네가 네가

#16 무한 루프 무섭지 않냐? 2ch에서 탄생한 밈. 같은 이야기가 반복될 때 사용된다.

네가 네가 네가 네가 네가 네가 네가 네가 네가 네가 네가.

네가 네가 네가 네가 네가 네가 네가 네가 네가 네가 네가 네가 네가 네가 네가 네가 네가 네가 네가 네가 네가 네가 네가 네가 네가 네가 네가 네가 네가 네가 네가 네가 네가 네가 네가 네가 네가 네가 네가 네가 네가 네가 네가 네가 네가 네가 네가 네가 네가 네가 네가 네가 네가 네가 네가 네가 네가 네가 네가 네가 네가 네가 네가 네가 네가 네가 네가 네가 네가 네가 네가 네가 네가 네가 네가 네가 네가 네가 네가 네가 네가 네가 네가 네가 네가 네가 네가 네가 네가 네가 네가 네가 네가 네가 네가 네가 네가 네가 네가 네가 네가 네가 네가 네가 네가 네가 네가 네가 네가 네가 네가 네가 네가 네가 네가 네가 네가 네가 네가 네가 네가 네가 네가 네가 네가 네가 네가 네가 네가 네가 네가 네가 네가 네가 네가 네가 네가 네가 네가 네가 네가 네가 네가 네가 네가 네가 네가 네가 네가 네가 네가 네가 네가 네가 네가 네가 네가 네가 네가 네가 네가 네가 네가 네가 네가 네가 네가 네가 네가 네가 네가 네가 네가 네가 네가 네가 네가 네가 네가 네가 네가 네가 네가 네가 네가 네가 네가 네가 네가 네가 네가 네가 네가 네가 네가 네가 네가 네가 네가 네가 네가 네가 네가 네가 네가 네가 네가 네가 네가 네가 네가 네가

네가 네가 네가 네가 네가 네가 네가 네가 네가 네가 네가.

**미워.**

“헉, 무슨 식은땀이 이렇게…….”

백일몽을 꿨다.

마차에 탄 어른들부터 광장에서 노는 아이들, 거리를 거니는 사람들이 일제히 돌아보며 나에게 말했다.

『네가 밉다』라고.

원망을 살 만한 기억은 없었지만, 말로 다 못할 만큼 기분이 나빴다. 솔직히 당장에라도 토하고 싶을 지경이었다.

하지만 내 몸은 역시나 이상을 겉으로 드러내지 않았다.

레벨 보정은 대단하구나.

스테이터스는 『공격력』, 『방어력』, 『마력』, 『정신력』, 『생명력』, 『민첩』, 『기량』, 『체력』 등 많은 종류가 존재하지만, 이 세계에 온 뒤로는 이 항목들이 단순한 전투력 외에도 다른 의미를 갖게 되었다.

그것이 가장 현저하게 드러나는 것이 『정신력』이었다.

본래 마법이나 정신 공격 등 비(非)물리 대미지에 영향을 주는 수치였지만, 이곳에서는 말 그대로의 의미를 가졌다.

현실 세계에서 『정신력이 강한 사람』이라고 하면 어떤 사람을 상상하는가?

그래, 바로 그것이다.

갖은 역경이나 공포에 맞서는 용기.

그리고 무언가를 실천하기에 필요한 각오.

그 모든 것이 강화되었다는 말이었다.

하지만 인격에는 작용하지 않는지, 이렇게 상태 이상에 빠졌을 때에만 비로소 그 진가를 발휘했다.

“그건 그렇다 치고, 이건가?”

눈앞에 있는 것은 얼굴 없는 여신상이었다.

기독교 교회의 마리아상 같은 조형물이었다. 넝마 조각 같은 옷을 입은 모습으로 디자인되었으며 재질은 정체 모를 검은 덩어리였다.

얼굴은 처음부터 없었다기보다 나중에 부순 것처럼 보였다.

마치 파낸 것 같은 눈덩이에 구멍만 뻥 뚫린 코.

입도 치아가 고스란히 드러났고 볼은 억지로 깎은 것처럼 뭉개졌다.

……너무 리얼하지 않아?

“카이 군, 어서!”

“오케이, 오케이.”

검을 머리 위로 치켜들어 그것을 힘껏 내리쳤다.

하지만 그 감촉에 내 표정이 일그러지는 것을 스스로도 알 수 있었다.

……이거, 표면이 변색해서 굳었을 뿐이지 인간이다.

"……아무리 나라도, 기분 나쁜데."

"카이…… 군?"

"류에, 정화를 부탁해. 정중히 장사 지내줘."

"알았어."

내 상태를 보고 무언가를 깨달았는지, 류에도 곧 진지한 표정을 지으며 검을 쥐었다.

그리고 검을 자신의 얼굴 앞에 수직으로 들고 주문을 외우면서 내리쳤다.

그러자 칼끝에 방울 맺힌 빛이 땅에 떨어져 닿았고, 그곳부터 일대로 빛이 퍼져 나갔다.

몇 번을 봐도 아름다운 광경이었다.

『디스펠 어스』.

공간에 작용하는 상태 이상 회복 마도이며, 습득하려면 성기사를 최대 레벨까지 육성해야만 했다.

게다가 일정 랭크 이상의 신성한 가호를 받은 무기가 필요한 별난 마도이기도 했다.

하지만 그만큼 효과는 강력했다.

온갖 함정과 대미지 효과가 있는 기믹을 해제하고, 반영구적인 회복 에어리어를 만드는 사기급 기술— 단, 이 세계에서는 시간이 지나면서 서서히 회복 효과가 약해지는 듯했다.

"수고했어."

"카이 군, 저 사람은 어떡하지?"

저 사람.

검은 여신상은 진짜 사람이었다.

비록 둘로 절단되었으나 엄연히 아직 이곳에 존재했다.

조사 대상이 될 수도 있겠지만, 마음이 영 내키지 않았다.

저 사람은 이미…… 십중팔구 최악의 경험을 맛봤을 것이 아닌가.

여기서 무슨 짓을 더 하는 것은 너무나도 잔인한 처사다. 그걸 써 볼까?

“그를 가야 할 곳으로. 헤븐리 플레임(heavenly flame).”

The 애드립 마법.

대충 머릿속에 생각난 주문과 함께 발동한 마법이었다.

성스러운 이름에 반하여 겉모습은 칠흑빛 불꽃이었다.

지면에서 똑바로 솟아오르는 불기둥이 돔 천장을 뚫고, 열기도 퍼뜨리지 않은 채 암반까지 뚫어 유해를 하늘로 날려 보냈다.

유해는 서서히 부서지며 그대로 하늘 높이 사라져 갔다.

이런 암굴 속에 갇힌 그녀가 마지막에는 하늘로 떠나줬으면 하는 막연한 바람을 담은 마법이었다.

어둠 마법은 사용자의 의지에 따라서 대단히 유연성 있게 다룰 수 있으니까 내 생각 정도는 반영해주겠지.

"뭐야, 나보다 훨씬 성직자답잖아."

"생긴 건 이 모양이지만."

어느샌가 모습이 마왕 룩으로 변해 있었다.

무의식중에 전력을 다한 모양이었다.

어디 사는 누구인지도 모르며, 어쩌면 이 사건의 원흉일지도 몰랐다.

그래도 내가 하고 싶어서 했다.

내가 가엾다고 생각해서 했다. 그뿐이었다.

"검은 불을 다루는 마왕이라니, 아무리 생각해도 흑막으로밖에 안 보이겠지."

"후후, 그럼 나는 배신의 성녀쯤 되려나?"

"자기 입으로 성녀래……."

"뭐, 뭐야?!"

뭐, 아무렴 어때.

편안히 잠들렴.

참고로 바위를 깎았지만 무기 성능은 변하지 않았다고 한다.

# 에필로그

"이거 원, 설마 이렇게 연이어 이 모습이 될 줄은 몰랐어."

정화 후 피로가 남았는지 몸이 묘하게 찌뿌둥해서, 길드에는 내일 보고하겠다고만 크롬웰 씨에게 전한 뒤 나와 류에는 숙소로 돌아왔다.

류에가 「오늘은 카이 군도 무서웠을 테니까 특별히 함께 자주겠다」고 떨리는 목소리로 제안하기에 정중히 거절한 것이 조금 전 일이었다.

성기사잖아? 뭘 그렇게 겁내?

그나저나 그 검은 여신상은 결국 뭐였을까?

류에와는 달리 무섭다고는 느끼지 않았다. 다만 가엾다고 생각했다.

무슨 짓을 당했을까, 무엇 때문에 그 꼴이 되었을까, 그리고 왜 죽어서도 그런 암흑 속에 갇혀 주물로 사용되었을까.

그런 생각을 하다 보면, 류에 말마따나 편안히 잠들 수는 없을 것 같았다.

이봐, 나는 너를 구할 수 있었어? 이 검으로 나는 네 저주를, 원한을, 슬픔을 빼앗을 수 있었어?

"……웬 감상이람. 눈 감고 있으면 조만간 잠들겠지……."

그렇게 천천히 정신을 잠 속으로 몰고 갔다.

『있지, 내 말 들려? 당신이 날 구했어.』

어렴풋한 목소리가 들려왔다.

『깜짝 놀랐어. 설마 마왕님이 올 줄은 생각도 못 했는걸.』

그건 어린 티가 가시지 않은 여자아이의 목소리였다.

『정말 옛날이야기랑 똑같아. 나를 꺼내줘서 정말로 고마워, 마왕님.』

내 바람이 반영된 꿈인지, 아니면 그녀가 감사를 전하러 돌아온 것인지, 꿈과 현실의 사이에서 나는 그런 목소리를 들었다.

"천……만에……."

『잘 자, 마왕님.』

꿈을 꿨다.

긴 금색 머리칼을 나부끼며 새하얀 원피스를 입은 여자아이가 즐겁게 꽃밭을 뛰어다니는 꿈이었다.

소녀는 때때로 이쪽을 돌아보고는 손을 크게 흔들고, 기쁜 얼굴로 언덕을 달려 올라갔다.

그리고 하늘로 이어진 보이지 않는 계단을 오르듯 뛰어가는 그녀의 모습에 왠지 마음이 가벼워졌다.

아…… 내 어둠 마법은 제대로 내 의지를 이루어줬구나, 그때야 겨우 확신을 얻었다.

너는 왜 그런 곳에서 홀로, 저주를 한 몸에 받고 있었던 걸까…….

이제는 더 이상 그것을 알 방법이 남지 않았을지도 모른다.

그래도 너는 지금 이렇게 해방되었다.

그것이 전부라고 말하면 무책임할지도 모르겠지만…….

하지만 나는 홀로 갇혀 있어야 했던, 슬픈 운명을 짊어진 사람을 이미 한 명 끌어안은 처지야. 그 때문인지 도무지 남처럼 생각할 수 없어.

그러니까 언젠가 반드시 네 운명을 비틀어 버린 무언가를 찾아내겠다고 맹세할게.

그때가 되면 보고할 테니까 지금은 거기서 기다려줘.

그럼 다녀와. 거긴 분명 아름다운 곳일 거야. 언젠가 내가 가게 되면, 그때는 안내해줘.

§ § §

"선발대의 보고에 따르면 마인즈밸리의 마물 범람은 무사히 진압되었다고 합니다. 그런데 한 가지 들어주셨으면 하는 일이……."

"뭐죠?"

"마인즈밸리에서 창세기에 제작된 길드 카드가 사용되었다고 합니다."

"……그렇군요. 마침 잘됐네요. 어차피 이번 건으로 듣고 싶은 이야기도 있었으니 미리 연락해 놓으세요. 내일 그쪽으로 가겠다고요."

"알겠습니다, 총수님."

"……이번에야말로 내가 찾는 사람이면 좋겠는데."

to be continued

## 【최종 스테이터스】

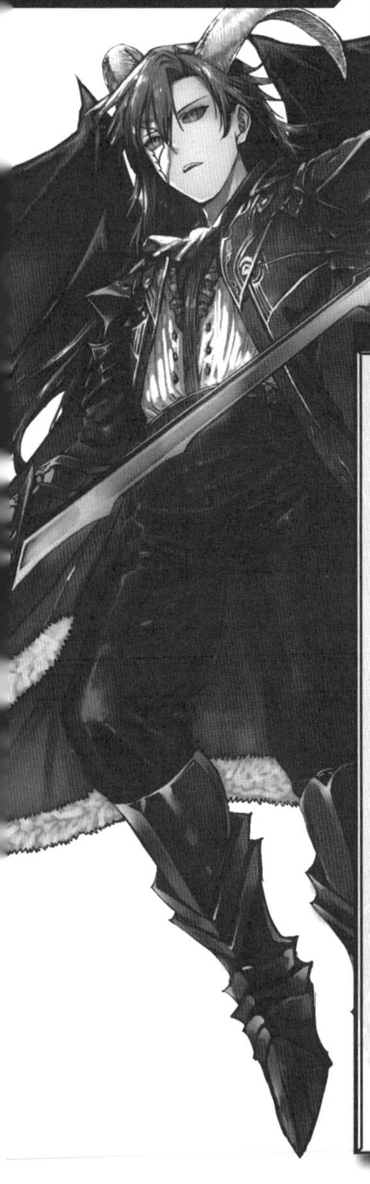

| | |
|---|---|
| Name | 카이본 |
| 종족 | 휴먼 (?) |
| 직업 | 탈검사, 권투사 (50) |
| 레벨 | 399 |
| 칭호 | ※※※마왕 |
| | 신을 울린 자 |
| | 용제를 도륙한 자 |
| | ※※※※※ |

### 【장비】

| | |
|---|---|
| 무기 | 탈※※※※※※※※※※ |
| 머리 | 머리 없음 (엘드 카프리콘) |
| | (페인즈 페르소나) (밤과 붉은 달의 마안) |
| 몸 | 금실 자수의 흑색 황제 외투 |
| | Ver.중합 갑옷 합성 by구~냐♪ (엘더 윙) |
| 팔 | 갈망과 절망의 양팔 |
| 다리 | 금실 자수의 흑색 황제 외투 |
| | Ver.중합 갑옷 합성 하반신 버전 by구~냐♪ |

**플레이어 스킬**

어둠 마※, 얼음 마법, 불 마법

검술, 장검술, 대검술, 찬탈(탈검 사용시)

격투술

**웨폰 어빌리티**

[생명력 극한 강화]

[찬탈자의 증거(투)]

[찬탈자의 증거(요)]

[용신의 가호]

[컨버트 MP]

[악식(惡食)]

[소나]

[※※의 ※※]

**【웨폰 어빌리티 합계】**

306

# 번외편1 지난날의 추억

마인즈밸리에 도착한 날 밤.

술집에서 소란을 피운 수수께끼의 청년과 그 동료들을 내쫓는 데 성공하고 겨우 음식이 나왔다.

간단히 조리한 안줏거리가 접시에 담겨 있었다.

"흐흥, 이거라면 나도 만들 수 있겠어."

"아니, 간단한 것일수록 맛의 밸런스가 중요해. 류에한테는 어려울 거 같은데?"

나는 떠올렸다. 일찍이 그녀가 나에게 대접한 수많은 음식을…….

그건…… 그래, 내가 류에의 집에 막 살기 시작했을 무렵의 이야기다—.

§ § §

"어찌 됐건 여기서 살겠다면, 어디 보자…… 일단 네가 잘 곳부터 확보해야겠어."

"아, 나는 대충 누울 곳이랑 덮을 것만 있으면……."

"아니, 다행히 이 집에는 빈방이 몇 개 있어. 방을 하나 정리해서 쓸 수 있게 해줄게."

그녀, 류에가 그렇게 제안해주었지만, 역시나 사양하는 마음이 앞섰다.

내가 일방적으로 친근감을 느끼고 있을 뿐, 그녀에게 나는 생면부지의 남자에 불과했다.

텐트라거나 빈집이라도 있으면 그곳에 살게 해달라고 부탁할 생각이었다.

하지만 지금 들은 「빈방이 몇 개 있다」는 말도 조금 신경 쓰였다.

그것은 달리 말하면 한때 함께 생활한 사람이 있었다는 뜻이니까.

그녀가 아직 내가 아는 Ryue라는 보장은 없었지만, 그래도 뭔가 독점욕이나 소유욕 같은 감정이 올라오는 것은 어쩔 수 없었다.

설마 남자인가? 남자와 동거하셨습니까?

"자, 빨리 따라와. 가서 정리를 좀 도와줘."

"아, 네. 지금 갑니다."

결국 거절할 타이밍을 놓쳐서 그녀를 따라 집 안으로 들어갔다.

음, 기껏 베풀어준 호의가 아닌가. 군말 말고 감사히 받아들이자.

안내받은 방은 창을 널빤지로 막아 어스름한 어둠과 뿌연 먼지가 깔려 있었다.

그 좁은 방에는 지금은 더 이상 쓰지 않는 것처럼 보이는 의자며 탁자, 작업대 같은 것부터 아기용 침대에 이르기까지, 온갖 물건이 어지럽게 놓여 있었다.

……응? 아기용 침대?!

"……이 방을 여는 것도 참 오랜만이군. 그리워."

희미한 쓸쓸함이 묻어나는 목소리로 그녀가 중얼거렸다.

그녀의 말대로 가구들의 겉에는 겨우 몇 년의 세월로는 설명할 수 없을 만큼 수북한 먼지가 쌓여 있었고, 의자나 탁자도 낡다 못해 썩어서 부서지기 일보 직전이었다.

정말로 몇 년, 몇십 년, 혹은 더 오랜 기간 방치되어 온 것처럼…….

"이 침대는 웬 거죠?"

"뭐긴, 옛날에는 이 근처에도 사람이 살았어. 그 흔적이지. 이 근처에서 아기를 낳은 부부가 있었는데, 내 집이 가장 따뜻했거든. 그래서 아기와 함께 살도록 이 방을 내줬어."

"확실히 이 근처는 상당히 춥겠더군요."

"존댓말은 쓰지 않아도 돼. ……그, 카이본 군."

"아, 그럼 나는 카이라고 불러."

"알았어. 카이 군이라고 부를게."

이름을 불렀을 때, 조금이지만 쓸쓸해 보이던 그녀의 옆 얼굴이 밝아진 기분이 들었다.

역시 이런 사람 없는 숲속에서 혼자 살기는 외로운 것일까?

그녀는 해묵은 가구의 노고를 위로하듯 겉을 천으로 닦고 소중하게 방 밖으로 옮겼다.

나는 그녀에게 청소를 부탁하고 자진해서 가구를 운반했다.

먼지를 닦아 낸 그 표면에는 낙서나 상처가 새겨져 있었고, 나에게는 그것이 오랜 세월을 거쳐도 색이 바래지 않는 과거의 온기, 추억의 증거처럼 느껴졌다.

……신중하고 소중하게 다뤄야겠다.

밖으로 옮긴 가재도구가 점점 거실을 점령하기 시작했을 무렵, 마침내 그녀도 거실로 돌아왔다.

"후우, 그럼 이걸 창고로 옮겨줄래?"

그녀가 가리킨 곳에는 작은 부엌과 조금 큰 문이 있었다.

지시받은 그 문 앞까지 가구를 가져가자 그녀는 못된 장난이라도 떠올린 것 같은 표정을 지었다.

만난 지 얼마 되지도 않았는데 그녀의 이 친근한 분위기에 마음이 넘어가 버릴 것만 같았다.

그녀는 의미심장한 표정을 유지하며 그 큰 문을 열었다.

그러자 그곳에는—.

"응?! 뭐야? 이게 어떻게 된 거야!"

문 건너편에는 도무지 설명할 길이 없을 만큼 거대한, 정말로 정신이 아득해질 정도로 거대한 공간이 펼쳐져 있었다.

이 집의 뒤쪽에는 숲이 펼쳐져 있었을 텐데, 명백히 그것을 무시하고 안쪽까지 이어진 그 크기에 머리가 혼란스러웠다.

"후후, 역시 놀라는군. 여기는 소소한 마법…… 아니지, 아마도 대규모 술식의 내부야."

"술식의 내부……?"

"나도 자세하게는 해석하지 못했지만, 이곳은 물질이 구현되기 전 상태, 시간이 멈춘 상태로 보관되는 이공간이야."

"……멈춘 상태라고?"

나는 불현듯이 이 부서지기 직전인 가구들로 시선을 옮겼다.

아마 그녀에게는 무엇과도 바꿀 수 없는 추억들이 새겨져 있을 물품들.

그렇다면 왜 그녀는 이것을 그대로 놔두었던 것인가.

내 의문이 전해졌는지, 그녀가 입을 열었다.

"아아…… 줄곧 멈춰서 썩지도 않고 영원한 시간을 보내는 것이 반드시 좋은 일이라고는 말할 수 없으니까……."

"아하. 그래, 그 말이 맞네."

또 그녀의 표정에 살짝 그늘이 졌다.

추억은 언제까지고 아름답게 남기고 싶다. 하지만 사람이든 물건이든 언젠가는 썩어서 사라지기 마련이다.

바로 그렇기에 추억은 한층 더 아름답게 남고, 지난날의 추억을 선명하게 떠올리게 해준다.

그녀 나름의 미학, 사고방식이겠지.

그 생각에는 나도 찬성이었다.

그리고 동시에, 그런 그녀의 생각을 부정하듯이 이 추억들을 창고에 넣는 것이 미안하게도 느껴졌다.

“이제는 이 아이들도 상당히 낡았으니까 다음에 깨끗하게 처분할 생각이야. 그러니까 그런 표정 짓지 말아줘, 카이 군.”

“아, 얼굴에 드러났어?”

“그런 미안한 표정을 짓는데 어떻게 몰라보겠어. 너는 상냥한걸.”

……당신에게는 못 미칩니다.

어디서 튀어나왔는지 모를 나 같은 인간을 이렇게 얹혀살게 해주고 돌봐주는 당신에게는…….

그렇게 가구 정리가 끝나고 그녀는 「슬슬 좋은 시간」이라며 저녁을 대접하겠다고 했다.

얹혀사는 이상 나도 할 수 있는 일을 하려고 했지만, 오늘은 내 방 청소와 그녀가 평소 가는 숲에서 구해 온 버섯과 나무 열매를 분류하는 일을 맡았다.

이건 모두 아이템 박스에 한 번 넣으면 식용인지 아닌지 판별할 수 있다고 했다.

그리고 분류가 끝난 뒤 창고에 넣을 것과 한 번 다듬어야 할 것으로 다시 나누었다.

문득 집 안을 둘러보자 나무 열매를 눌러 담은 병과 매달아 말린 버섯, 과일이 줄줄이 늘어서 있었다.

그야말로 숲에 사는 엘프의 집이라는 느낌이었다. 새삼 내가 이세계에, 판타지 세계에 왔다는 것이 부쩍 실감이 되었다.

하지만 이렇게 실제로 보니까 저것들이 과연 어디에 쓰는 것인지 신경 쓰였다.

보존 식품……? 아니면 독이라도 빼고 있는 걸까?

"카이 군, 혹시 못 먹는 음식 있어?"

그때, 부엌에서 류에가 질문을 던졌다.

한 지붕 아래에서 여성이 요리하고 이런 식으로 질문하는 상황이 내 심금을 울렸다.

마치 연인의 집에라도 온 것 같아서 나잇값도 못하고 가슴이 콩닥콩닥 뛰었다.

"뭐든 먹어. 가리는 음식은 거의 없어."

"좋아. 그럼 조금만 더 기다려줘."

거의 없다, 이게 중요하다.

즉, 전혀 없지는 않다는 말이죠.

부엌에서 향긋한 냄새와 무슨 채소라도 삶는지 자연스러운 단내가 흘러나왔다.

이 몸이 되고 나서 먹는 양이나 미각에 변화가 생기지는 않았을까 조금 불안하게 생각했지만, 식욕 하나는 확실히 있는 것 같아서 안심했다.

그럼 과연 어떤 요리가 나올까—.

잠시 기다리자 그녀가 큰 냄비를 들고 왔다.

거목을 잘라서 만든 듯 나이테가 겹겹이 쌓인 우둘투둘한 테이블에는, 이 또한 통나무를 잘라서 만들었음직한 냄비 받침이 놓여 있었다. 그녀는 그 위에 냄비를 쿵 놓았다.

"항상 혼자 먹을 양만 만들어서…… 조금 많이 만들었을지도 몰라."

"화, 확실히 많긴 많네."

그녀가 가져온 것은 큼직큼직하게 썬 채소가 가득 들어간 포토푀#17 같은 음식과 소금구이한 생선, 그리고 샐러드였다.

보기에는 소박하지만 그 향은 식욕을 크게 자극했다.

샐러드 위에도, 아마 숲에서 딴 열매로 보이는 견과류를 으깨서 뿌려 놓았다.

"그럼 잘 먹겠습니다."

"자, 많이 먹어."

그녀가 퍼준 포토푀에는 반달썰기 한 양파와 통썰기 한 당근이 들어 있었다.

나는 그것을 크게 한입 퍼먹었다.

이런 숲속이니까 어쩌면 조미료가 귀해서 맛이 싱거울지도 모른다고 생각했는데, 소금간이 잘 되어 채소의 단맛을

#17 **포토푀** 소고기와 각종 채소를 오래도록 푹 익혀낸 프랑스 가정식 수프.

충분히 끌어내고 있었다.

이곳의 추위를 생각해서인지 후추 향도 조금 강하게 낸 느낌이었다.

"어, 어때? 입에 맞으면 좋겠는데……."

"응, 맛있어. 몸이 엄청 따뜻해져."

"다행이다……. 나는 이것밖에 잘하는 요리가 없어."

"그래? 그래도 정말로 맛있어. 채소도 잘 익었고."

의외로 큰 채소로 포토푀를 제대로 만들기란 까다로웠다.

너무 익어서 뭉개지거나 설익거나, 이 둘 중 하나로 실패하는 사람도 적지 않았다.

이번에는 다른 음식, 생선 소금구이에 손을 댔다.

아마 민물고기, 산천어를 닮은 그것을 나이프와 포크로 발라 먹었다.

마음 같아서는 젓가락을 쓰고 싶은데…… 물론 나이프와 포크로도 깨끗하게 먹을 수 있죠.

"아, 맛있어……. 이 불 조절 솜씨는 정말 대단해."

"그, 그래? 난 이 크기의 생선이라면 실패하지 않거든."

방금도 그러더니 아무래도 겸손이 지나친걸.

저는 요리를 좋아하는 사람을 좋아하거든요.

물론 샐러드도 단순했지만 견과류의 식감이 좋아서 맛있게 먹었다.

그렇다, 이때 나는 대단히 만족했다.

이제는 번갈아 가며 음식을 만드는 것도 재밌겠다고 생각하면서 앞으로의 생활을 마음속에 그려 보고 있었다.

그리고 다음 날, 나는 서서히 그녀의 발언이 겸손이 아니었다는 사실을 알게 됐다.

어젯밤 포토푀를 몽땅 먹어치웠는데도 불구하고 다음 날 아침 식사도 포토푀였다.

그리고 그 옆에는 생선 소금구이와 샐러드가…….

마치 어젯밤 식사 풍경을 그대로 베껴 온 듯한 식탁 풍경에 한순간 당황했다.

“어, 어제 맛있다고 하길래 또 만들어 버렸어.”

“고마워. 아침 일찍부터 만들어줘서.”

“아니야. 누군가와 함께 먹는 게 즐거워서 그래.”

그리고 점심시간이 되자, 다시 부엌에 선 그녀는 고개를 꼬았다.

내가 무슨 문제라도 있느냐고 말을 걸려는데—.

“괘, 괜찮아. 앉아서 기다려줘.”

“그래? 그럼 저녁 정도는 내가 만들게.”

“뭐?! 요리할 줄 아는구나…….”

작은 목소리로 그렇게 대답하는 모습에, 그녀가 무슨 고민을 하고 있었는지 점점 알 것 같았다.

아마 지금까지는 자신이 먹을 것만 생각했기 때문에 매일 같은 음식이라도 문제가 없었을 것이다.

하지만 상냥한 그녀는 나를 위해 손에 익은 메뉴가 아니라, 물리지 않도록 다른 음식을 만들려고 고민한 것이리라.

호들갑스럽게 들리겠지만, 나는 그 마음이 기뻐서 감명을 받고 말았다.

그리고 그날 점심 식탁에 나온 것이—.

"미안해……. 아니나 다를까 실패해 버려서 또 같은 거야."

"아, 아니야. 괜찮아. 다음에는 내가 만들게. 류에에게는 앞으로 신세를 질 테니까 그 정도는 하게 해줘."

"그, 그럼 부탁할게. 나는 회복 마술이 특기니까 다치면 바로 말해야 한다?"

마치 처음 식칼을 쥔 아이에게 당부하듯이 말하는 그녀를 놀래게 해주려고 나는 혼자 마음속 투지를 불태웠다.

§ § §

비록 작은 부엌이기는 하나, 아마 마법으로 움직이고 있을 스토브 두 구와 생선을 굽는 데 사용했을 풍로 같은 도구, 그 밖의 조리 도구도 충실히 갖춰져 있었다.

오래도록 써 온 식칼도 몇 번이나 갈았는지 형태가 많이 변했지만, 그 날은 예리해서 충분히 잘 들었다.

도마도 그녀가 만들었는지 조금 모양이 삐뚤었으나 위쪽

은 반듯한 평면이었다.

식재료는 어제 본 창고에서 꺼내오면 된다고 하며, 그 신선도도 시간이 멈추었기 때문인지 뛰어났다.

이야~, 그 생선구이 참 맛있었지……. 그 불 조절 솜씨만은 정말이지 프로의 영역이었다.

창고 안으로 들어간 나는 내키는 대로 골라잡을 수 있는 산더미 같은 식재료를 보고 그만 흥분했다.

대단하다. 본 적도 없는 식재료나 좀처럼 구경할 수 없는 물건, 무턱대고 손을 댈 수 없는 고급품까지…… 눈이 휙휙 돌아갔다.

"이거…… 야단났네. 이걸 매일 자유롭게 써도 된다고? 천국이잖아……."

결심했다. 이 집 요리는 이제부터 매일 내가 만든다. 이런 환경은 말 그대로 낙원이라고밖에 생각할 수 없었다.

나는 눈에 띄는 식재료를 긁어모아 풍부한 조미료, 향신료와 함께 부엌으로 돌아왔다.

그러자 류에가 걱정스럽게 나를 살펴봤다.

"괘, 괜찮아……? 그렇게 잔뜩……. 간단한 것, 심플한 음식이면 되는데……?"

"괜찮아. 마음 푹 놓고 기다려."

자…… 정말로 오랜만에 모든 기술과 지식을 총동원해 보자.

"장소로 생각했을 때 찜 요리, 스튜 계열을 무조건 좋아하겠지. 그리고 구색을 갖추려면 고기는 빠뜨릴 수 없어."

한순간 엘프라면 채식주의자일지도 모른다는 생각이 들었으나, 평범하게 생선을 먹었으니까 문제없겠지.

오늘의 메뉴는 제일 먼저 찾은 향신료를 써서 만들 수 있는 하이라이스풍 찜 요리다.

곁들일 음식은 심플하게 간을 한 해물 파스타와 유사 봉골레 비앙코.

나는 어느샌가 열이 올랐다. 여기 와서 주욱 신세만 졌기 때문이겠지. 역시 자신의 역할이 생기면 기쁜 법이다.

나는 소소하게나마 은혜를 갚자는 생각으로 그녀를 위해 부엌을 최대한 활용하여 요리를 완성해 나갔다.

§ § §

"카이 군…… 너 요리사였어? 이거 우리 집에서 만든 거지?"

"그럼, 물론 여기서 만들었지. 보고 있었잖아?"

"그렇게 척척 움직이더니 눈 깜짝할 사이에 두 가지나……."

완성품을 테이블에 놓자 그녀는 반쯤 눈물을 글썽이며 감탄했다.

그게 왠지 낯간지러워서 짐짓 아무것도 아닌 척하고 말았다.

"나 말이야, 누가 밥을 만들어준 게 너무 오랜만이고, 그것도 이런 진수성찬은 먹어 본 적이 없어서……."

"야, 야, 류에, 울지 마……. 앞으로 매일 만들어줄 테니까, 응?"

앞으로 매일 그녀가 눈물 흘릴 만한, 기뻐할 만한 식사를 차리자.

그게 그녀에게 해줄 수 있는 나의 얼마 안 되는 보은일 테니까.

"카이 군…… 와줘서 정말로 고마워. 앞으로도 **계속 함께 있어줘.**"

아무리 그래도 너무 호들갑이시네. 그리고 엄청 부끄럽네요.

§ § §

"음? 카이 군, 뭘 그렇게 히죽거리지?"

"아니, 류에와 만난 지 얼마 안 됐을 무렵의 식사를 생각하고 있었어."

"아…… 그거 실은 엄청 부끄러웠다고. 그런 것밖에 못 만들어서."

"왜? 나는 지금도 그 저녁 메뉴는 최고였다고 생각해."

"우…… 부끄러워……."

그날 눈물을 흘리던 그녀와 이렇게 바깥 세계에서 한 식탁에 앉아 있다.

그것이 그녀에게 얼마나 큰 행복이었는지, 그리고 얼마나 갈망하던 일이었는지를, 그때의 나는 알지 못했다.

하지만 지금이라면 알 수 있다. 그날 그녀의 말에 얼마나 마음이 담겨 있었는지를…….

그리고 그것을 아는 지금이기에, 나는 그 말에 온 힘을 다해 부응하겠노라 새로이 결의를 다졌다.

# 번외편2 그녀가 본 경치

도시 방어에 성공한 나와 카이 군은 마인즈밸리로 개선(凱旋)했다.

그리고 도시에 들어감과 동시에 나는 생각지도 못한 사태에 머리가 새하얘졌다.

……원래 백발이긴 하지만.

“고마워, 언니! 우리 도시를 구해줘서 고마워!”

“덕분에 살았어, 누님! 누님 덕에 내 파티는 부상자가 한 명도 없어!”

“정말로 여신님 같구먼……. 우리 도시를 지켜주셔서 정말로 감사하외다.”

있지, 카이 군.

나, 사람들에게 감사받고 있어.

대단해. 열심히 한 만큼 모두가 득을 보고 감사까지 해줘!

……있지, 카이 군. 나, 이런 일 처음이야.

싸움터에서 목숨을 구하고 감사받는 일이야 많았지.

서로 전사니까 목숨의 무게는 잘 이해하고 있었으니까.

그래서 언제든 내 곁에는 전사나 그 가족, 후예가 남아줬어.

하지만 이런 식으로 내가 누군가를, 싸우지 못하는 사람들을 지키고 감사받는 일은 정말로 처음이었어.

"에헤헤…… 나 보고 고맙대……."

숙소로 돌아온 나는 침대 위에서 홀로 오늘 일의 여운에 잠겼다.

조그만 여자아이가, 우람한 전사가, 주름이 자글자글한 할머니가 나에게 고맙다고, 도시에 사는 모두가 덕분에 살았다고 말해줬어.

이런 식으로 많은 사람들에게 감사받는 일은 신예기 이래로 처음이었어. 기쁘고 낯간지러워서 기분을 주체할 수가 없어.

그래서 정말로, 나는 카이 군과 만나서 다행이라고 생각해.

이렇게 생각하는 날은 무심코 그때 일을 떠올리고 말아.

카이 군과 만난 그날의 일을—.

§ § §

『……엘프도 아닌 게…… 언제까지 그 모습으로 있을 작정이냐?』

왜? 처음에는 모두 다정하게 대해주지 않았는가.

아무것도 모르고 이 세계에 온 나를 다정하게 받아들여

주지 않았는가.

『고, 고마워요……. 이, 이제 됐죠? 저기, 빨리…… 가 보세요.』

왜 그런 말을 하지? 나는 그저 사람들을 위해 싸웠을 뿐인데.

『어머니는 죽었는데 너는 왜 살아 있어! 이 괴물, 마녀야!』

왜 나는 사람들을 지킬 수 없을까.

내 힘이 부족해서일까…….

『왜 저건 나이를 안 먹어……? 족장님이 죽은 것도 저게 생기를 빨아들여서—.』

나를 거두어준 족장님.

나와 엇비슷한 나이였는데, 왜 먼저 가 버렸어……?

나는 사람들이 말하는 것처럼 나쁜 마녀일까…….

평소와 같은 꿈을 꾸었다.

『네가 의리를 지킬 필요 따위 없다. 나를 해방하라. 혐오스러운 버러지들을 소탕하고 너를 나의—.』

평소와 같은 목소리를 들었다.

결코 평온을 주지 않는 잠에서 깬 나는 나 자신에게 회복마법을 사용했다.

살아 있는 이상 수면욕은 있었지만, 잠을 잠으로써 내가 평온을 얻는 일은 없었다. 그래서 매일 아침 이렇게 스스로의 피로를 덜었다.

오늘은 아마 내가 이곳에 얽매이게 된 『기념일』일 것이다.

매년 이날이 되면 어김없이 그 꿈을 꿨다.

나를 이곳에 옭아맨 엘프들이 나에게 증오와 질투, 그리고 공포를 드러내던 나날을…….

아니야. 나는 너희와 같은 엘프야.

조금 오래 살 뿐이야. 그러니까 부탁해. 나를 그런 식으로 보지 말아줘.

내가 뭐든 할 테니까. 적도 쓰러뜨리고, 고칠 수 있는 병은 뭐든 고쳐줄게.

그러니까 부탁이야. 나를 혼자 두지 말아줘. 쫓아내지 마세요. 부탁할게요―.

"……참, 나도 바보지."

자신의 미련함과 아직도 버리지 못한 순진함에 진저리를 내며 나는 일과를 마치고자 빙산으로 향했다.

숲은 내가 싫어하는 추위를 품어, 마치 이 장소마저 나를 싫어하게 된 게 아닌가 하는 착각을 하게 만들었다.

아주아주 오래전에는 많은 동료에게 둘러싸여 여행했었는데…….

지금보다 불편하고 좁은 세계였지만, 함께 이곳저곳을 모험하고 다녔었는데…….

그래, 그때 내 역할은 항상 사람들의 방패가 되는 일이었다.

하지만 그건 억지로 강요받은 역할이 아니었다. 내가 누구

보다도 튼튼하고 강했기 때문이었다.

그게 나의 긍지였고, 모두가 기대는 것이 기뻐서 항상 가장 먼저 적을 향해 뛰쳐나갔었지…….

내가 적을 유인하고, 슌이 그사이에 마무리를 짓는다.

내가 엄호 사격으로 마법을 쏘면 다리아가 내 뒤에 숨다시피 하며 따라서 마법을 날린다.

그리고 오잉크가 전체를 감시하면서 때때로 나에게 지시를 내린다.

『오호~! 왼쪽 플레어 리저드가 신신을 노리고 있어~! 류에, 다시 한 번 유인할래?』

해괴한 말투를 쓰고 사람에게 별명을 붙이는 것을 대단히 좋아하는, 조금 통통하고 귀여운 여자아이.

당시에는 일상이었던 그런 싸움이 지금은 사무치도록 그립고, 애틋하고…….

애들아, 다 어디로 갔어?

나만 혼자 이런 곳에 떨어졌어.

너희를 얼마나 찾았는지 몰라. 어딘가에 있지 않을까, 나 말고도 누가 이 세계에 오지 않았을까 해서.

애들아, 나 또 혼자만 남았어—.

『보이지 않는 신의 노예』— 신예기라고 불리고 있지만, 나에게는 지금 이 상황이 훨씬 노예 같아.

내가 기억하는 마지막 신예기의 기억.

갑작스럽게 세계가 끝난다고 통보받았었지.

그때 너희는 어딘가로 모험을 떠나 있었나 보지만, 나는 그때도 혼자 울고 있었어.

왜 아무도 없는 걸까, 다들 죽을지도 모르는데 왜 나는 혼자일까, 왜 나를 두고 모험을 떠나 버린 걸까 하고…….

하지만 세계는 끝나지 않았어.

지금 이렇게 옛날보다 자유롭고 넓은 세계에 다시 태어났어.

전설에 따르면 한 검사가 세계를 보이지 않는 신에게서 해방시켰다고 해.

만약 정말로 그런 영웅이 있다면.

모든 이를 구원한 그런 검사가 있다면.

나한테도 와주지 않을까……. 나를 이 좁은 세계에서, 이 운명에서 해방시켜 주지 않을까…….

그런 나에게 어울리지 않는, 마치 꿈꾸는 소녀 같은 생각을 하는 사이에 나는 목적지인 빙산에 도착했다.

빙산의 일부 표면을 덮는 서리를 걷어내고 용신의 모습을 관찰했다.

아무것도 변하지 않았다. 내가 봉인한 그날부터 무엇 하나 변함없는 모습으로 잠든 그 모습에 마음이 지독히도 술렁거렸다.

나한테 항상 그런 꿈을 꾸게 하고, 나를 여기에 옭아매는 원인을 만들고…….

그렇지만 그 시대에 내가 이곳에 있을 이유를 만들어준 것도 이것이었다.

세 종족이 힘을 합쳐도 봉인할 수 없었던 이 녀석을 내 방대한 마력을 이용해서 봉인했다.

그 역할을 짊어졌기 때문에 나는 엘프들에게 마지막까지, 진정한 의미로 이 세계가 끝나는 그날까지 이곳에 속박되었다.

그래도 적지만 나를 위해 남아준 아이들과 만났다는 사실을 생각하면 모든 것을 원망할 수도 없었다.

그렇지만 이 땅의 혹독한 환경에서 한 명 한 명 목숨을 잃어 가는 모습에 견딜 수 없게 된 나는 그들에게 이 숲에서 나가라고 명령했다.

그 이후 이곳을 찾는 이는 길을 헤맨 사람이거나 용신의 모습을 보고 싶어 하는 별종뿐.

그들을 상대하며 어떻게든 설득해서 내쫓기를 몇십 년에 한 번 경험할 뿐인 나날…….

"……돌아가자."

옛일을 돌이키다 보면 언제나 이런 식으로 슬픈 일까지 떠올리고 만다.

그러니까 지금은 모든 것을 잊고 돌아가자.

찬란한 나날도, 따스한 나날도, 모두의 웃는 얼굴도, 어색하게 나를 받아들여 주던 모두의 얼굴도—.

돌아가는 길에 「벌써 가을이야. 싫다, 앞으로 더 추워지겠어」라는 생각을 하면서, 낙엽을 바스락바스락 밟아 그 감촉으로 기분을 달랬다.

그러고 보니 가끔 이런 과자가 창고에 들어왔었지. 그런 생각을 하는데 누가 결계 안쪽에 침입한 기운을 느꼈고, 나는 그대로 달렸다.

서두르는 이유는 꼭 내쫓아야만 한다거나 이곳을 지켜야만 한다는 마음이 있어서가 아니었다.

그저 나는—.

"그대로 굴러!"

그저 나는, 누군가의 온기를 원했을 뿐이었다.

내가 구한 사람은 지금까지 본 적도 없을 만큼 훌륭한 두 쌍의 날개와 황금뿔이 난 마족……의 모습을 한 휴먼이었다.

마족과 닮은 마력과 어딘가 그리우며 신비한 기운이 드는 남성이었다.

도중에 갑자기 휴먼 모습으로 변해서 깜짝 놀라긴 했지만, 나쁜 사람 같지는 않았다.

그는 요리 실력이 무척 뛰어나서 나와 같은 재료, 같은 도구, 같은 부엌에서 만드는데도 마치 마법처럼 맛있는 요리를 다양하게 만들어 냈다.

박식하지만 나보다도 상식이 없는, 동생 같기도 하고, 오빠 같기도 하고…… 연인 같기도 한 사람.

그와 함께하는 생활은 정말로 꿈만 같아서, 지금까지 고독했던 만큼 나는 그에게 한껏 어리광을 부리고 말았다.

아아, 이런 생활이 계속 이어지면 좋으련만—.

나는 언젠가 그가 이 숲을 떠날 날이 오리란 사실을 무엇보다 두려워하면서, 그가 그것을 눈치채지 못하게끔 하루하루를 보내 왔다.

처음에는 내가 선생님이라도 된 것 같아서 눈앞의 커다란 학생에게 무언가를 가르치는 것이 즐거웠다.

하지만 그런 나날이 이어짐에 따라 그 행동이 그가 이곳에서 떠날 날을 앞당기고 있다는 사실을 깨닫자, 연명 장치에 매달리는 심정으로 가르칠 내용을 늘렸고 이야기는 점점 탈선해 나갔다.

그리고 그는 강해지고 지식을 얻어, 어느샌가 이 숲을 쉽사리 돌파할 힘을 얻었다.

그가 없어지는 것을 두려워한 나는 정신이 나갈 것처럼 그를 갈망했다. 그를 끌어안고 이곳에서 사라지지 말라고 애원하고픈 충동에 휩싸였다.

그리고 하나의 기준이 되는 날, 딱 1년이 되는 그날이 찾아오는 것을 두려워했다.

그 운명의 날, 나는 말을 꺼내려는 그를 막으려고 했다.

초조함, 답답함, 슬픔으로 나는 머리가 어떻게 될 것만 같았다.

하지만 그의 결의는 굳었고, 나에겐 이미 아무것도 가르칠 것이 없었고, 카이 군도 자신의 힘을 자각했다.

그런 그가 나에게 제안했다.

나를 이곳에서 데리고 나가 함께 바깥세상으로 가자고 말해줬다.

무척이나 매력적이고 정말로 마음속부터 내가 바라던 말을…….

기뻤다.

아주아주 기뻤다.

지금까지 그런 말을 해준 사람은 아무도 없었고, 더 함께 있고 싶다고 생각한 사람이 나만이 아니라는 사실도 알았기에…….

그렇지만 그것만으로는 아무것도 할 수 없었다.

다른 그 누구도 아닌, 창세기의 악몽을, 용신이 포악함의 끝을 달리던 그 시대를 아는 바로 나이기 때문에 카이 군의 제안을 받아들여선 안 된다고 자신의 마음을 죽였다.

울지 않도록, 그에게 내가 품은 어둠을 보이지 않도록, 내가 괜한 마음을 품지 않도록, 나는 되도록 감정을 죽이고 그의 손을 뿌리쳤다.

슬픈 표정을 지은 그가 내 좁은 세계에서 떠나는 뒷모습을 보고 정말로 죽을 만큼 가슴이 아팠다.

닫히는 문이 절대로 풀리지 않을 봉인처럼 느껴졌다.

그 문에 몸을 기대고, 참아 온 눈물을 흘렸다.

그에게 들리지 않는 곳에서 나는 처음으로 내 마음을 모두 쏟아 냈다.

『기념일』인 그날, 그 악몽을 다시 볼 생각에 소스라치면서도 울다 지친 나는 잠 속으로 빠져들었다.

—그리고 시간이 얼마나 지났을까.

나는 이상한 느낌을 받아 눈을 떴다.

몸의 피로가 조금 풀렸고 울다 지친 마음이 조금이지만 편해져 있었다.

그렇기에 나는 두려움에 떨었다.

그럴 리가 없다. 내 잠은 몸도 마음도 결코 치료해주지 않는 악몽의 시간이어야 했다.

조금이라도 잠들면 마치 기다렸다는 양 용신의 원한 어린 목소리가 들려와야 했다.

요 1년간은 어떤 목소리가 들려도 눈을 뜨면 카이 군이 있었으니까 조금도 무섭지 않았다.

하지만 지금, 그가 여기를 떠나고, 또 1년이 되는 날인데도 불구하고 아무런 악몽도 꾸지 않았다.

그것이 무엇보다도 이상 사태임을 나에게 알려줬다.

카이 군이 무슨 짓을 저질렀을지도 모른다. 그에게 무슨 일이 벌어진 게 아닐까? 나는 초조해하며 빙산으로 향했다—.

§ § §

"으응……? 깜빡 잠들었나……."

그날의 꿈을 꿨다.

모든 일의 시작, 그와의 생활이 시작된 날의 꿈.

정말로 꿈만 같은 행복한 나날의 꿈.

숲 속 작은 집이 정말 낙원처럼 느껴진 그 1년간의 꿈.

그리고 나를 운명에서 해방시켜 준 마지막 하루의 꿈을…….

문득 옆 침대를 보자 카이 군도 꿈나라로 떠나 있었다.

오늘은 수고 많았어. 나는 함께 싸울 수 없었지만, 이 도시를 함께 구했잖아? 방금 엄청 행복한 꿈을 꿨어. 그리고 그 꿈은 지금도 이어지고 있어.

그러니까, 우리 앞으로도 쭉 함께 여행을 계속하자.

몸을 약간 일으켜서 잠든 그의 얼굴을 관찰한 뒤 나도 다시 꿈나라로 떠났다.

잘 자. 세계를 구하고 외톨이였던 나를 구해준 나의 영웅.

## ■ 작가 후기

(´·ω·`)처음 뵙겠습니다. 아이아츠시입니다.

우선 이런 자리에서도 돼지 가면[#18]을 벗지 않는 점을 사과드립니다.

제가 출간 제안을 받은 것은 작년 초여름 때였습니다.

그때 마침 소설에 등장하는 주인공 친구의 모델 두 명과 함께 있었기 때문에 셋이서 『패미통[#19])?!』이라며 놀랐었죠. 게임을 좋아하는 저희로서는 당연한 반응이었습니다.

그 후, 일정을 조정하여 담당 편집자님이 아키타까지 오시게 되었고, 마침내 첫 미팅이 시작되었습니다.

그때 들은 말이 「제목을 바꿉시다」였죠. 스스로도 생각하던 일인지라 몇 가지 후보를 들어 정한 것이 지금 이 『백수, 마왕의 모습으로 이세계에. 가끔은 치트인 유유자적 여행』입니다.

지난해는 이직이나 이사 등 인생의 전환기가 겹친 격동의 해였습니다만, 설마 제가 소설가가 될 줄은 꿈에도 상상하

#18 돼지 가면 (´·ω·`). 란돼지의 상징인 이모티콘..
#19 패미통 일본 가정용 게임 잡지. 여기서는 라이트노벨 레이블인 『패미통 문고』를 일컫는다.

지 못했습니다. 그때를 돌이켜 보며 이 글을 쓰는 지금도 아직 믿기지 않는다는 마음이 남아 있을 정도니까요.

이 자리를 빌려 이와 같은 현실을 만들어주신 관계자 여러분, 웹 연재 시절부터 봐주신 독자님들, 그리고 이 책을 구매해 주신 모든 분들께 깊은 감사의 마음을 전하면서 이 글을 맺고자 합니다. 정말로, 정말로 감사합니다.

처음 뵙겠습니다.
삽화를 담당하게 된
카츠라이 요시아키입니다!
무방비하게 따르는
엘프 소녀에게
저는 이미 헤롱헤롱 빠졌습니다.
이런 애랑 같이 여행하고 싶다~.
그런 고로
모쪼록 앞으로도
잘 부탁드리겠습니다~!

## ■ 역자 후기

안녕하십니까? 이번 작품의 번역을 맡은 김장준입니다.

본디 웹 소설이란 작자의 상상력을 자유롭고 유쾌하게 표출하는 데에 초점을 맞춘 오락물이라고 생각합니다. 따라서 그것들은 기존 소설의 형태와 양식에 얽매이지 않는 새로운 양식의 글을 만들어 내기도 하죠. 출판되어 매출을 올린다는 상업적 목적으로 집필한 것이 아니기 때문입니다. 달리 말하면 처음부터 만인을 독자로 상정하지 않았다는 뜻이기도 하지요.

웹 소설로부터 시작되어 출판된 이 작품 역시 예외는 아닙니다. 사실 많은 라이트노벨이 그런 특징을 지닙니다만, 일본 내에서도 한정된 독자층을 염두에 둔 소설이죠. 이 소설의 경우 그 독자층이란 바로 온라인 게임 유저와 그와 관련된 특정 인터넷 커뮤니티 사이트의 사용자들입니다.

이미 본문을 읽으신 분들이라면 아시겠지만, 이 작품에는 그런 특정 독자층이 아니면 이해할 수 없는 인터넷 밈이 자주 등장합니다. 하지만 으레 인터넷 밈이 그러하듯, 밈 그 자체에는 대개 큰 의미가 없으므로 자세한 설명이 필요 없을 것입니다. 단, 작중 캐릭터 오잉크의 특징이자 작가 후기에까지 등장한 『란돼지』는 본문의 주석만으로는 조금 설명이 부족하지 않았나 생각합니다.

『란돼지』란 본문의 주석에서 설명한 대로 2ch 판타지 어스 제로 게시판에서 게임을 비난하고 불평하기 위해 만들어진 콘셉트입니다. 돼지 얼굴 이모티콘(´・ω・`)을 사용하며 1인칭과 인사말이 「란란」이기 때문에 『란돼지』라는 이름이 붙었다고 전해지죠. 지금은 일본 게임 커뮤니티를 중심으로 하나의 아이콘으로 정착된 이 콘셉트는 특징적인 말투, 속칭 『돼지어(語)』를 사용하는 것으로 유명합니다. 작중 등장인물 오잉크가 주인공을 「본본(ボンボン)」, 슌을 「신신(シンシン)」 등으로 부르는 이유 또한 란돼지가 네 글자 단위의 말을 자주 사용하는 특징에서 따온 것이 아닐까 합니다.

구구절절 지리멸렬한 말을 늘어놓았습니다만, 사실 이 역자 후기를 작성한 이유는 이 『란돼지』를 잠깐 소개하기 위해서였습니다. 한국 독자에게는 생소한 일본 인터넷 문화지만, 조금이라도 작품의 재미를 이해하는 데 도움이 되셨으면 하는 바람입니다. 앞으로도 이처럼 본문의 주석만으로는 다 설명하기 힘든 용어가 등장할 경우 역자 후기를 빌려 부연 설명을 붙이겠습니다. 그럼 다음 권에서 뵙도록 하겠습니다. 감사합니다.

백수, 마왕의 모습으로 이세계에 1

1판 1쇄 발행 2017년 8월 10일
1판 4쇄 발행 2018년 6월 5일

지은이_ Aiatsushi
일러스트_ Yoshiaki Katsurai
옮긴이_ 김장준

발행인_ 신현호
편집국장_ 김은주
편집진행_ 최은진 · 김기준 · 김승신 · 조미연 · 원현선 · 김솔함 · 권세라
편집디자인_ 양우연
국제업무_ 정아라 · 고금비
관리 · 영업_ 김민원 · 이주형 · 조인희

펴낸곳_ (주)디앤씨미디어
등록_ 2002년 4월 25일 제20-260호
주소_ 서울시 구로구 디지털로 26길 111 JnK디지털타워 503호
전화_ 02-333-2513(대표)
팩시밀리_ 02-333-2514
이메일_ lnovelpiya@naver.com
L노벨 공식 카페_ http://cafe.naver.com/lnovel11



ISBN 979-11-278-4211-6 04830
ISBN 979-11-278-4210-9 (세트)

**값 6,800원**

L NOVEL
15세 미만 구독 불가
온라인 게임의 신부가 여자아이가 아니라고 생각한 거야?
키네코 시바이 저
ill:Hisasi
이경인 옮김
Lv.12
And you thought there is Never a girl online?
NOVEL